我们的党支部

中央新影发现之旅频道 出品　　　　杨定坤　主编

北京师范大学出版集团
BEIJING NORMAL UNIVERSITY PUBLISHING GROUP
北京师范大学出版社

编委会

致敬

千千万万的党员！

目录 Contents

西藏阿里党委党支部

抬头是山，低头还是山。距离拉萨 1400 多千米的阿里地区，总人口 12.1 万，边境线长达 1200 千米，是集中连片贫困地方中脱贫任务最紧迫、最艰巨的地区之一。高寒缺氧，资源贫乏，文化素质低……如何加强基层治理和执政根基，让各族群众树立新理念、倡行新风尚、过上幸福生活，是这片 34.5 万平方千米广袤土地上不变的课题。

近年来，阿里地区立足高原边疆特殊区情地情，坚持屯兵与安民并举、固边与兴边并重，强化党建引领，以创建“藏西先锋·红色阿里”党建品牌为抓手，以提升组织力为重点，推动基层党组织全面进步、全面过硬，使其成为守边固边的坚强基石。

用品牌引领党建，让党建创新发展，不断提升阿里党建的引领力、红色精神的感召力、基层组织的凝聚力、各族党员的先锋力……

红色阿里
藏西先锋

西藏阿里地区坚持党委统领、组织示范、党员带头，率先在全地区走出了一条品牌化塑造党建形象的新路子，为推动阿里地区长足发展和长治久安提供了强有力的组织保证。

坐落于海拔 4500 余米的西藏阿里地区改则县的进藏先遣连纪念馆，前来参观的群众络绎不绝。现在纪念馆里放映的是电影《先遣连》。《先遣连》再现了当年的情景，1950 年 8 月 1 日，进藏英雄先遣连 136 名官兵面对给养断绝、疾病缠身的艰难境地，全连以牺牲 63 人的代价完成了“挺进西藏、解放阿里”的神圣使命。

进藏先遣连纪念馆于 2019 年 9 月 27 日在西藏阿里地区改则县开馆，展现的是革命先辈坚定理想、对党忠诚、百折不挠、无私无畏的革命精神。

改则县先遣乡扎布村党支部副书记、村委会主任扎日对这样的组织活动很有心得：“我们常常组织村民到这里参观，这样的方式让大家的精神面貌焕然一新，全体村民深刻认识到进藏先遣连英雄是阿里人民幸福生活的创造者，是拉近阿里各族人民之间情感的重要纽带。”

改则县委组织部部长郭健也对红色基地活动很满意：“我们改则县是先遣连的精神发源地，依托这个红色阵地，我们开展了一系列的红色教育活动，激发了我们广大党员干部和群众扎根边疆，建设边疆的信心和决心。通过这几年一系列党建活动的开展，促进了我们全县脱贫攻坚工作顺利完成，也助推了我们全县经济社会长足发展和长治久安。”

如今，红色活动场所已经成为党员干部和人民群众常去、爱去的好地方。为了把独特的红色资源利用好，阿里地委组织部聚焦“寻根·筑魂”主题主线，先后投入3050余万元建成进藏先遣连纪念馆、革吉县直属库红色爱国主义教育基地，维修改造普兰县先遣连营地遗址等红色遗迹，着力打造藏西“精神高地”。

围绕追寻红色印记，传承红色基因，持续开展“学孔繁森精神，做孔繁森式好干部”“重走先遣路，弘扬阿里魂”等红色教育活动，切实激励广大党员干部扎根边疆、攻坚克难、无私奉献、建功阿里的信心和决心，打造一支守信念、讲奉献、当先锋、作表率的时代先锋模范队伍，努力推动阿里经济社会持续健康发展。

阿里地区地处祖国的西南边陲，平均海拔4500米以上，高寒缺氧，气候恶劣，然而在这样的艰苦环境下，阿里地区各族干部群众却孕育出了“先遣连精神”“孔繁森精神”“阿里精神”，涌现出李狄三、孔繁森、其美等一批先进模范，涌现出尼玛顿珠、赤列旺姆等一批优秀党员。为彰显党的先进性，传承红色基因，阿里地委近年来坚持以新时代党的组织路线为指引，着力打造“藏西先锋·红色阿里”党建品牌，构建组织聚力、党建惠民、创业兴边的党建新格局，党建之花开遍藏西大地。

阿里地区着眼增强边境地区党组织守边战斗力，以“两学一

进藏先遣连纪念馆

抢古村党群综合活动中心

做”学习教育、“四讲四爱”主题教育活动为契机，打牢干部群众守边固边的思想基础。同时，深化军地共建、干群联手，着力构建党政军警民合力守边格局。

一个牧民就是一个哨兵、一个村（居）就是一个连队、一名党员就是一面旗帜、一个支部就是一个堡垒。典角村村民索南班久就承担起了这样的职责：“我在放牛，同时看看边境是否有情况，有情况及时打电话报告上级。”

近年来，噶尔县扎西岗乡典角村以创建“藏西中心·党建先锋”子品牌为总目标，以党的建设统筹各项工作，积极建设、打造“守边固边第一村”，让群众的日子越来越红火的同时，增强了守边固边的战斗力。

站在肉眼就能看到国界线对面的典角村，守边固边从来不是挂在嘴边说说的一个词，而是当地群众发自内心、淌在血液里的责任和使命。在村“两委”班子和驻村工作队的组织下，村里成立了“红袖标巡逻队”，由班子成员和党员带领，每天在边境一线和村子周边巡逻放哨，有力确保了典角村一带的边境安宁和社会稳定。

自典角村成立以来，在党和国家的大力帮助下，经济、政治、文化、生态文明建设等各方面得到发展。在维护社会稳定方面，典角村在四十名共产党员的带领下，加强巡逻值班制度，成立本村民兵巡逻队伍，坚持每天对村边境进行三次巡逻，确保本村辖区的边境社会治安持续稳定。

近年来，噶尔县始终把抓好边境党建摆在突出位置，以“夯实固边堡垒，争做守边先锋党建品牌创建”为抓手，坚持“思想筑边，组织固边，富民兴边，共建稳边”，让党旗在祖国边陲高高飘扬。

岁月在变、事物在变，唯一不变的，是阿里人民永远守边固边、爱国爱党的赤子之心。阿里地委组织部树牢“一切工作到支部”的鲜明导向，以基层党组织标准化建设为抓手，实施内涵提升、示范引领、红色引擎三大工程，坚持“党旗引领，促发展、保稳定、惠民生、助脱贫”，努力把党建优势转化为发展优势、把党建资源转化为发展资源、把党建成果转化为发展成果，加快实现经济社会发展的历史性跨越。

有的村民讲不好普通话，但他们会用藏语表达：“感谢组织对我的帮助。合作社在家门口建成了，不仅能挣钱贴补家用，还能照顾孩子上学，这是党和政府为我们谋求的幸福生活呀！”

一大早，改则县物玛乡抢古村村民曲桑顿珠来到党支部，将洁白的哈达献给了党支部书记和驻村工作队队员，感恩党的关怀，让大家早日走上了脱贫致富之路。

四年前，抢古村还是一个纯牧区村落，牧民收入单一，贫富差距大。全村 86 户 301 人中，贫困人口就有 21 户 60 人。

解非常之困，当用非常之力。近年来，抢古村在党支部书记

物玛乡抢古村2019年度农牧民专业合作社社务公开栏

尼玛顿珠带领下，以开展牧区改革试点为契机，整合规范集体经济合作社发展，探索创新“四个入股”“六个统一”为主要特点的新型牧业经营模式，积极推动资源变资产、资金变股金、村民变股民，实现了传统牧业分散化、粗放型向集约化、效益型转变，走出了一条牧业提质增效、牧民增收致富的改革发展新路子，目前，抢古村年人均收入达到了16000余元。

改则县物玛乡抢古村村民曲桑顿珠说：“就我家庭而言，过去经济来源单一，一年全家人最多能够赚到两三千元钱，甚至吃穿都有很大的困难。现在在党和国家无私帮助下，全村人民过上了幸福的日子，从村牧民合作社成立开始，每年年底全体村民能够分到七到八万元的劳动报酬，还能分到牛肉、酥油等纯净、绿色的牧畜产品。”

通过全村人民的共同努力，2017年全村实现脱贫摘帽，全体村民过上了幸福美满日子。“我作为村支部书记，下一步，继续发挥好共产党员的带头模范作用，扩大发展村民经济合作组织，带领全体村民脱贫致富”，曲桑顿珠说。

近年来，阿里地区大力实施产业兴村战略，以产业兴旺、富民增收为重点，实施党建与扶贫“双推进”和“一乡一品”工程，协助推广“党支部＋合作社＋农牧民”和“公司化管理＋第三方租借经营＋合作社服务带动＋贫困户就业”精准扶贫模式，推进“党建富民强村”项目，帮助群众发展措勤县门东居委会电子商务、札达县什布奇村家庭旅馆等产业，兴办市场前景好、就业带动强的集体经济实体 62 个、专业合作经济组织 90 个，4749 人实现稳定增收，阿里村集体经济“造血”功能进一步增强，市场竞争力大大提升。

措勤县委为了落实好脱贫攻坚工作，研究决定通过加强党建，促进脱贫攻坚工作有效开展，探索出“党建 + 电子商务”的模式，丰富党组织服务群众形式，引导贫困群众通过电子商务平台，把畜产品销售出去，增加贫困群众收入，实现脱贫致富。

党建就是生产力，阿里地区以品牌创建为动力，引领经济社会高质量发展，坚持“向中心聚焦、为大局聚力”的定位，通过

品牌效益与中心工作的有机结合，增强发展动能、提升工作效能，实现脱贫致富、经济发展、社会稳定、生态建设、文明创建次第开花，在脱贫攻坚、乡村振兴、守边固边等领域交出了一份令人满意的答卷。

2021 年是中国共产党建党 100 周年，在这新的历史时刻我们将乘借中央第七次西藏工作座谈会精神的东风，高举习近平新时代中国特色社会主义思想伟大旗帜，开拓创新，砥砺奋进，唱好红色基因传承曲，打好组织聚力主动战，守好固边强边责任田，以更加优异的成绩向建党 100 周年献礼。

立足当下，责任重大；放眼未来，使命光荣。阿里改革开放 40 多年来，边疆面貌“换了人间”，人民日子“由苦变甜”，这是坚持党在阿里全面领导的成果。在全面加强边境党建的号角指引下，阿里地区广大干部群众将更加坚定信心、锐意进取、真抓实干，让党的旗帜在藏西边疆更加鲜红。

浙江慈溪党委党支部

源起唐涂宋地，如今的创新热土，从秘色瓷都，走向智造慈溪。这是长三角城市群中的明珠，全国百强县市前列的工商名城——全国文明城市慈溪。

曾几何时，马克思主义的思想之花在这里绽放，革命的星火在这里燎原，党的光辉百年照耀，这片沃土，被烙印上永不褪色的红色记忆。探索出慈溪改革开放的生动实践，书写出慈溪民营经济的发展辉煌，创造出许多走在前列的慈溪样本，大写慈溪故事，是慈溪党委党支部的目标。

“脚踏一天星斗，手摇万里江山。”大革命时期，宁波籍首位共产党员杨贤江才高八斗，斗志凌云。杨贤江出生于慈溪长河，36年的一生，短暂而光辉。他是坚定的共产主义战士，1922年5月，在中国共产党的诞生地上海，接受共产主义的洗礼，成为当时全国195名中共党员之一；他是杰出的青年运动领导人，组织参加五卅运动、上海工人武装起义，编辑《学生杂志》《革命军日报》，

为中国革命鼓舞与欢呼；他是我国早期的马克思主义教育理论家，留下《教育史 ABC》《新教育大纲》等近 300 万字的宝贵精神财富。他践行和宣传马克思主义，深刻影响了家乡青年，为慈溪地方党组织创建奠定了坚实的思想基础。

“风从海上来，潮涌杭州湾。”与上海一海之隔的慈溪庵东，曾有盐民 10 万，是全国三大盐场之一。1924 年 7 月 23 日，一万余名深受多重压迫的劳苦盐民请愿反“公仓”，发生流血惨

案，全场当即发动总罢工，并取得最终胜利。庵东盐民反对“公仓”的斗争与发生在广州沙面英租界的工人运动遥相呼应，被当时的工人运动领袖邓中夏称之为：这是“中国工人运动自‘二七’大罢工以来，由低潮复兴的征兆之一。”

斗争声势浩大，阶级基础已经具备。1925 年，中共杭州支部派遣共产党员岑鹿寿潜入盐场筹建党组织。1926 年 5 月，中共坎镇支部成立，这是慈溪现境第一个党支部，也是宁波地区最早的两个农村党支部之一。慈溪从此拥有了烽火岁月中的战斗堡垒。

中共坎镇支部的建立，影响了整个三北地区（慈溪旧称“三

北”）的反帝反封建的浪潮，它成立了自己的盐民武装，同时也成立了盐民的群众组织——庵东盐民协会，把党的新革命推向了新的高潮。

慈溪党史的辉煌之最，莫过于孤悬敌后、以三北为中心的浙东敌后抗日根据地的开辟。

1941 年浙东沦陷后，浦东抗日武装南渡杭州湾，在相公殿登陆，并胜利打响了伏击日本侵略军的第一枪，极大振奋了三北人民的抗日信心。1942 年，中共浙东区委、三北游击司令部和三北总办事处的先后成立，标志着以三北为中心的浙东敌后抗日根据地初步形成。1942 年 9 月和 1944 年 2 月，浙东区党委分别作出“坚持三北、开辟四明”和“坚持四明，巩固三北，分散游击向敌后发展”战略方针。在取得反“扫荡”和两次反顽自卫战役的胜利后，浙东抗日武装在三北渡过了最困难的时期。

1944 年 9 月，中共浙东区委在三北召开首届军政会议，总结敌后斗争经验教训，并向中共中央发致敬电。这是一次盛大的会议，彼时身处延安的毛泽东复电：“望努力杀敌，扩大解放区”，给浙东军民以极大鼓舞。

在四年多的浙东敌后抗日根据地历史中，三北境内发生的战斗数约占浙东抗日战斗总数的三分之一，税收占根据地总税收的三分之二。三北地区，始终是浙东抗战的前哨和主战场，战略物资的主要供给地，支撑浙东抗日根据地迅速发展壮大，使之成为全国十九个解放区之一，创造了纵横捭阖于敌后的奇迹和伟业。

抗战胜利后，为顾全大局，新四军浙东游击纵队奉命北撤。慈溪地方党组织从此处在白色恐怖之中，历经艰苦卓绝却又坚韧不拔的隐蔽游击，直至 1949 年 5 月 24 日慈溪解放。

当时年轻的施延令，原慈溪县浒山镇党委委员每每谈及这个时刻都激动不已：“当时浒山老百姓在南门大街夹道欢迎，欢欣鼓舞。我深感幸福，热泪盈眶，感谢党挽救了我，使我走上了光明大道，经济上得到了实惠，政治上翻了身，老百姓奔走相告，内心万分激动。”

“一唱雄鸡天下白，万方乐奏有于阗。”慈溪人民在中国共产党的领导下，努力探索出一条适合自己的社会主义建设之路。1952年4月18日，慈溪岐山乡建起“五洞闸集体农庄”，这是浙江省第一个高级农业生产合作社。1955年，五洞闸集体农庄和龙南互助合作网的事例，被收入《中国农村的社会主义高潮》一书，毛泽东主席分别作出按语，成为社会主义改造运动的典范。

慈溪以棉花高产丰产的红旗县闻名全国。1957年成为全国第一批实现《全国农业发展纲要》目标的五个县之一，并于次年获得国务院嘉奖。以棉花生产为引领，慈溪经济和社会各项事业蓬勃发展，始终走在社会主义建设事业的前列。

1978年，党的十一届三中全会开启了改革开放和社会主义现代化建设新时期。敢为天下先的慈溪人民，在宁波乃至全省率先实行家庭联产承包责任制，发展多种经营，发展乡镇企业。1987年，无区位优势、无资源禀赋、无产业基础的“三无慈溪”，乡镇企业工业总产值迅速跃居全省第五位。

1988年10月13日，国务院批准慈溪撤县设市，慈溪进入到一个快速发展的新阶段。在全省率先完成乡镇企业股份合作制改革，率先实施农业和农村现代化建设纲要，率先形成“千军万马奔外向”的对外贸易发展格局，提前实现总体小康。

慈溪人民以千方百计、千言万语、千山万水、千辛万苦的“四千精神”，摸索出国有、集体、乡镇、个体私营“四轮驱动”的慈溪模式，为全省乃至全国的发展贡献了“慈溪样本”。

1979 年到撤县设市的 1988 年，十年时间慈溪的国民生产总值、农民收入、社会零售商品总额都翻了两番不止。这些成绩的取得都是慈溪县各级党委带领群众努力奋斗的结果。第一件事就是率先推行联产承包，这在宁波地区乃至全省也是先行的。第二件事改变生产模式，白沙公社当时有一句名言：“白沙的针织到全国，全国的钞票到河角”。

跨入 21 世纪，中共慈溪市委带领全市上下，按照时任浙江省委书记习近平考察慈溪提出的“四个重点、八个字”重要指示精神，坚持一张蓝图绘到底、一以贯之抓落实，大力实施“工业立市、实业兴市”发展战略，大力弘扬勇立潮头、敢为人先的精神传统，推动慈溪发展走在全国同类城市前列。2020 年，全市地区生产总值在省内县市率先突破 2000 亿元，连续五年被评为中国最具幸福感城市，入选国家首批创新型县市。

在党的百年华诞、在中华民族伟大复兴的当下，在习近平新时代中国特色社会主义思想伟大旗帜高高飘扬的今天，慈溪人民充分汲取红色资源的强大精神力量，干在实处、走在前列、勇立潮头。

在这个 100 周年之际，慈溪的党员们再次来到杨贤江故居，每个人都觉得意义特殊。这次既是一次重温初心之行，也是慈溪担负使命的再出发。特别是当前正在结合党史学习教育活动，对

慈溪的红色资源进行全面的梳理，尤其是紧紧抓住当前时期面临的前湾时代、高铁时代和长三角一体化时代等多种历史机遇的叠加，充分的汲取红色资源的宝贵力量，奋进新时代，开启新征程。在加快建设开放包容的长三角黄金节点城市、活力澎湃的浙江创新制造示范区、美丽幸福的宁波大都市北部中心、打造现代化区域性中心城市，争当全面高质量发展的先锋，努力在忠实践行“八八战略”，奋力打造重要窗口中走前列、当标兵。

百年砥砺，一场不凡征途；百年蝶变，一部慈溪传奇。

重学党的历史，重温党的誓言，慈溪共产党人，永远年轻，永远忠诚！

河南荥阳党委党支部

荥阳市是河南省省会郑州市的下辖县级市，郑州市西部新城的组成部分。历史上的荥阳，被中国民协命名为“中国诗歌文化之乡”“中国象棋文化之乡”“中国嫘祖文化之乡”和“中国嫘祖文化传承基地”。

现代的荥阳，正在迅速迎着时代潮流向前飞奔，先后获得“中国最美宜居宜业宜游城市”“国家卫生城市”“全国科普示范县市”“全国百强慈善城市”“全国绿化模范县”“国家园林城市”等荣誉称号。

在荥阳人民向更加幸福的生活道路迈进中，总有一面旗帜指引着方向、鼓舞着士气，这就是飘扬的党旗。

高质量发展关键在党，只有高质量抓好党建，才能更好推动经济社会的高质量发展。荥阳市委结合荥阳在郑州发展中的“西美”定位，提出了“拥抱黄河，融入郑州”的发展战略，确定了“扛立强”三起来工作目标，树立了以党建促发展，以发展强党建的工作理念，聚焦党建薄弱环节，成立了课题组，进行了深入的调研，结合实际制定了全域党建工作“1+7 体系”。通过开展支部三化建设，五星支部创建，党员积分管理等发挥党建对于中心工作的助推作用。同时将党建元素植入到城市建设的方方面面，打造了立体多维的党建示范主题公园、党建主题街区、廊道、形成了一批农村、社区、机关、学校、医院、非公企业、社会组织等各领域党建示范单位，在全市营造了浓厚的党建氛围。

在这里有新思想可学、有党史可鉴、有先进人物可比，已成为广大党员和普通群众学习交流、弘扬革命精神、陶冶情操的好去处。

党建主题公园的打造，实现了党建教育基地由室内向室外的延伸，教育模式由相对封闭向对外开放的转变，教育对象也由党员为主转向广大居民普及。荥阳市党建主题公园把党建、自然、人文、历史巧妙地融为一体，可以说在党建形式、内容、服务对象上实现了“三重创新”，切实将党建工作融入社会建设体系，做到百姓心坎上。

荥阳市民袁爱卿就对这样的主题公园很是满意：“来这里既锻炼了身体，还接受了教育。以后我还想来，我不但自己来，还要带着孩子来，来这里感受这种红色文化，接受传统教育，了解荥阳，更加热爱荥阳。”

党建引领激活乡村振兴“强引擎”。新时代，荥阳市坚持党

党建主题公园（红色教育基地）

重走长征路

建引领，在实干笃行中写就乡村振兴华章。为深入促进习近平新时代中国特色社会主义思想在基层落地生根，突出基层党组织的政治引领作用，荥阳2019年7月在全市开展以农村党建星、经济发展星、乡风文明星、生态文明星、社会治理星为主要内容的“五星支部”创建活动，实现优质党建服务载体与区域资源有效对接，推动重点工作落地落实，从制度机制上提升农村基层党组织的组织力，为农村基层治理提供坚强组织保证。

市财政每年列支1800万元专项经费，对成绩突出的村党组织和村“两委”干部进行奖补，村党组织每获得一颗星，党组织书记、主任和其他“两委”干部工作薪酬每月上调；对总成绩获得前三名的乡镇分别进行奖励。

“南岸古道饮马，屯里画中人家。”这句话描绘的不仅是唐诗宋词里的美好向往，而更是现如今荥阳市汜水镇南屯村的真实写照。

自2019年“五星支部”创建工作启动以来，汜水镇南屯村党支部铆足干劲，瞄准五星目标，以党的建设为引领，以美丽乡村建设为路径，以壮大村集体经济宇明阀门集团为基础，加快发展以饮马沟景区为主的现代文旅产业，大力推进南屯乡村振兴步伐。

用汜水镇南屯村党支部书记张志强的话来说：“全村两委干部和100多名党员同心同向同力，围绕荥阳市五星支部创建目标，心往一处想，劲往一处使，拧成一股绳。这些红色力量，都源源不断地注入美丽乡村建设、农村环境整治等全村发展建设中。荥阳市汜水镇南屯村村民魏芹芹说：“我们南屯村建设美丽乡村后，路也宽了，房屋建的非常漂亮，就像住在花园里一样，足不出村在村儿里有一个厂就能就业，我们村里面的人现在干劲都非常足，靠我们的辛勤双手，能把我们南屯村打造得更漂亮更舒服更幸福。”

“村看村，户看户，群众看党员，党员看支书”，为进一步调动基层党组织书记干事创业的积极性，荥阳市将“五星支部”创建与“亮赛比”擂台赛相结合，组织入选的“三星”以上村党组织书记进行擂台比武，各村既讲成绩、谈优势、说变化，也找差距、定措施、补短板，比出了“精气神”、打出了“火药味”。2020年，通过“亮赛比、创五星”，共评出“五星支部”2个、“四星支部”7个、“三星支部”7个，“二星支部”11个、“一星支部”36个。

通过“五星支部”创建，促使全市各村认清了自身短板、理清了发展思路，把党建作为开启高质量发展的金钥匙，荥阳市高村乡枣树沟村围绕“乡村振兴”总目标，放大本村集体经济试点村、美丽乡村试点村、人居环境示范村的三大优势，围绕“河阴渡口、仰韶部落、秦王要塞、大唐古村、石榴家园”的发展定位，书写百姓富、生态美的华丽篇章。

高村乡枣树沟村党支部书记张福敏也有所感悟：“我们枣树沟村全体党员紧抓乡村振兴机遇，锻炼了一批能战斗，能为民办实事艰苦奋斗的党员队伍，为把我们枣树沟建设成为黄河岸边一颗亮丽的明珠而奋斗。”

荥阳市豫龙镇刘村聚焦共治共享，在“五星支部”创建中探索实施“党员联户、支委联片、支部联建，党员争先锋、干部争模范、支部争五星”的 “三联三争”工作法，引入智慧社区，极大提高了群众的安全感和幸福指数。

在五星支部创建过程中，豫龙镇刘村探索出了“三联三争”工作方案，充分发挥了党员先锋模范作用，特别是在党建引领社会治理方面水平有了很大提升。去年村里投资 200 多万元打造了智慧社区，实现了人脸识别、智能养老等，群众的幸福感和安全感有了极大的提升。

通过创建“五星支部”，荥阳市牵住了从严治党向基层延伸的“牛鼻子”、筑牢了战斗堡垒的“梁柱子”、唱响了比学赶超的“主旋律”，用基层干部的辛苦指数换来了群众的幸福指数，有力地推动了基层党建和基层治理的双提升。

在城市，党组织和党员同样成为强化基层社会治理的战斗堡垒、先锋队。最近，京城路街道永丰巷社区成了当地的网红打卡地，小区道路干净整洁，两侧文化墙镌刻着历史，古色古香，院内亭台楼榭，绿意盎然，居民们在美丽家园里看书写字，唱歌舞蹈，社区氛围呈现一片祥和。

社区居民李灿江自然有发言权：“改造以后，环境好了，咱们居民的心情也舒畅了，出行也方便。”社区居民王树娟也很赞同：“我们的舒适度也提高了很多，我们打心眼儿里感到高兴，特别感谢党的好政策。”

居民赞不绝口的“好事”，正是荥阳市推进的老旧小区改造工作。在老旧小区改造中荥阳市积极探索“党建引领 + 社区基层治理”模式，创建“党建引领、群众参与、社会治理、规范管理”全新格局，通过“一征三议两公开”工作法，重点解决停车难、雨污水堵塞、房屋漏水、管道破损等居民关心的问题。

永丰巷片区在改造以后，及时成立了片区党支部。现在社区党总支、片区党支部、楼院党小组的基层组织框架，可以说已经日趋完善，在高质量党建的引领下，老旧小区逐渐展现新颜，助力基层治理的加速度。

在做好老旧小区改造工作的同时，荥阳市坚持统筹谋划、一体推进，大力开展无主管楼院整治行动，切实解决老旧小区改造后管理服务不足、功能不完善、秩序混乱等各项后续社区治理问题。

荥阳市始终坚持以人民为中心，通过实施“强基提质”三年行动计划，以高质量党建引领高质量发展，依托党建工作的突出优势，充分发挥党建引领推动作用，将党建工作的“软实力”转

化为基层发展的“硬支撑”，走出了一条更有效率、更具活力的基层治理新路。

荥阳市委常委曾厚宏对此的要求是：“下一步我们将聚焦党建服务中心工作这一主线，牢固树立大抓基层、大抓支部的鲜明导向，以开展支部三化建设为抓手，坚持因地制宜，分类指导，实现一个支部一座堡垒，一名党员一面旗帜，推动基层组织全面进步，全面过硬。围绕优化营商环境，开展四强支部建设，打通中梗阻，畅通微循环，通过在项目一线建立党组织、成立党员先锋岗等形式助推项目建设。围绕党建阵地的建管用，以美丽乡村精品村和示范村为重点，打造一批以党群服务中心为核心，聚集便民服务、文体娱乐、医疗保障、综治服务、议事协调、经济发展等功能于一体的党建综合体。优化办事流程，扩充服务范围，打通服务群众的最后一米。”

新时代，荥阳绘就高质量党建引领高质量发展新画卷。荥阳从加强党的领导、发挥基层党组织领导核心作用着力，从小处、细处着手，把党建引领贯穿基层治理全过程、嵌入各领域、融入各方面，走出了一条更有效率、更具活力的基层治理新路。党建工作不断进步，经济更好更快发展，荥阳将进一步强化担当、坚定信心、拼搏实干，为郑州国家中心城市建设做出新的更大贡献。

天津北辰区党委党支部

为政以德，譬如北辰，居其所，而众星拱之。治国安邦，重在基层；管党治党，重在基础。经济运行稳中有进，项目建设如火如荼，民生工程硕果累累，城市面貌日新月异，百姓生活蒸蒸日上。

一份份优异答卷的背后，是天津市北辰区认真贯彻中央和市委决策部署，紧紧围绕加强党的全面领导、巩固党的执政根基、增进人民群众福祉，强化街道社区党组织在基层治理中的领导作用和轴心地位，凸显政治属性，突出政治功能，强化政治引领，不断完善区域化党建体系和工作格局，加大基础保障力度，开辟了创新城市基层党建工作的新路径和新境界。

北辰区宝翠花都社区党总支书记林则银所说的话就是北辰区治理的体现："我们打造居民宜居的环境，让我们的居民安居乐业，把我们居民的每一件揪心事、烦心事、操心事解决好。我觉得也是以人民为中心，包括我们这种增强民主协商机制，扩大居

民的话语权也是以人民为中心，把居民的每一件小事情做好也是以人民为中心。”

2018 年社区“两委”换届后，全区 153 个社区全部实现党组织书记、居委会主任“一肩挑”。社区党组织以“向群众汇报”的态度为群众办实事，把群众的每件小事都当成大事来办，设身处地为群众考虑、替居民着想。宝翠花都社区探索实施的“五常五送”工作法就是一套为民服务“组合拳”，既有为困难群体、特殊人群送去关心和温暖，也有落实好基层治理各项任务，在服务居民群众的柴米油盐、衣食住行、帮助困难群众完成“微心愿”的点滴小事中，践行着以人民为中心的发展思想。

宝翠花都社区居民亓青江就很满意：“我们社区居民在党组织的关怀下和组织下组织起了秧歌队、舞蹈队，还有志愿者队伍，开展了多种多样丰富的活动提升了小区的幸福感，提升了小区居民的组织，使我们小区的居民更加热爱党，热爱国家。”

在十几年的社区工作中，宝翠花都社区不断改进服务方式，不断拓宽服务渠道，促进社区党建与社区治理的深度融合，用心掌握社区工作知识，认真学习群众工作方法，在实践中注重总结、敢于创新，不断做出新的尝试。

在楼道清整过程中，创造性地把楼栋一层的共享空间利用起来，建立起 18 个“微党校”，经常性开展“红色党课”“党建主题辩论”等党性教育。

宝翠花都社区居民党员代表任德望也很是自豪：“党员在支撑社区的建设，每一个社区我想都应该充分发挥这些退休党员，还有这些老党员的作用，才能把我们所有的社区，真正的打造成自己的一个坚强堡垒，党组织的堡垒。”

2019 年天津市以群众满意为导向，全面推行社区评星定级，通过实绩考评、群众测评和社区互评，宝翠花都社区连续两年被评为五星社区，正是因为社区党总支用心用情为群众办实事，精

细化服务得到了居民的认可和好评。宝翠花都的社区治理已经从居住型社区向生活型社区转变，在社区形成苦有人问、难有人帮、事有人管的一家亲氛围。

宝翠花都社区党总支书记林则银也觉得自己的工作很有价值："很多年以后，我们不在这个社区居住了，我们还想起在这个社区里面，曾经有很多的父老乡亲、有很多的左邻右舍，我们互相帮助，在我们的脑海里有美好的情感、有温情，这些都久久留在我们的记忆中。"

北辰区坚持把推进党群服务中心达标建设，作为巩固党的长期执政地位、巩固基层政权的一项重要政治任务，作为检验“不忘初心、牢记使命”主题教育成效的重要标准，作为补齐基层党建短板的重要内容，举全区之力，集多方资源，着力将村和社区党群服务中心打造成为党味浓、服务好、人气旺的红色阵地。

江南春色社区居民党员代表李世庆就说：“过去呢，咱们党群活动中心在建立之前，居民之间互相都不太熟悉。可以说就是‘老死不相往来’，都是各自顾各自的小家。自从建立了这个中心以后呢，大家都到这来活动，大家互相认识了，我们由一个个小家变成了一个大家。这个大家给我们带来了温暖，觉得整个小区是非常和谐的一个大家庭。同时也感到了党对我们的关怀，我们的幸福指数有所提升。”

在抓好达标建设的同时，坚持以群众需求、基层需要为导向，积极整合各类资源，优化阵地功能布局，提升阵地综合承载能力。深化驻区单位和在职党员到社区“双报到”。驻区单位与社区签订共建协议，列出资源清单、需求清单，双向认领、双向服务，共同研究确定年度共建项目，开展共驻共建、促进条块融合。推动党员干部到社区入列轮值，常态化参与基层治理，结合开展“我为群众办实事”实践活动，想方设法为群众办实事解难题。

截至 2021 年 6 月底，已有 1600 余名市、区两级机关党员干部入列轮值，光今年帮助解决各类民生问题 2800 余件，“一名党员一面旗，服务奉献双岗位”在北辰区已蔚然成风。

江南春色社区党总支书记刘娟回忆道：“在建立初期，我们这个是一个新的小区。在最开始的时候，入住率并不是很高。所以我们在建立党支部的时候，只有居委会的 5 个工作人员，怎么去发挥我们党员的作用，就是在点点滴滴处。

在咱们整体社区入住的时候，我们这些党员也确实起到了先锋模范作用。他们开展的各项工作，都是以党员的身份要求自己的。他们真正地去服务这个社区的居民，然后引导居民能够慢慢地接受他们的一些思想，加入党组织的大家庭中来。”

村和社区党群服务中心建设只有进行时，没有完成时，下一步，北辰区将在全面达标的基础上，进一步提高政治站位，持续

加大投入力度，让党群服务中心成为村和社区的新地标，成为服务党员群众、凝聚党心民心的红色家园，让党的领导“一根钢钎插到底”。

佳荣里社区党员代表郭桂民回忆起以前：“我是1995年搬到这小区来的，我是党员。转到这块儿来，开始是居委会刚成立的时候，我们那时候自管会才3个人，开始了整个小区的工作。我负责的是服务、做卫生，那一阵就给他们开会、还有做一些工作安排。后来就是被安排为楼门长，因为我首先是一个党员，所以应该在这个小区里、在这个楼门里发挥党员的作用。为别人做点事，像帮助孤独老人、还有楼里的病人，年龄大的人我都帮助，不是光帮助这一个人。我认为为人民服务，尽党员的义务是应该的。帮助他们我自己也愿意干，他们也特别感激我，我心里特别高兴。”

佳荣里社区党委书记孟曼也说起社区往事：“咱们佳荣里社区始建于20世纪90年代初，就是1993年。这些居民基本都是1993年、1994年入住的。

到现在这个社区已经有30多年了，居民居住时间比较长。当初他们来的时候这个地方就是城乡结合部，结合着红桥这样一个三不管地带，没有人去管，环境特别的脏乱差。”

基层党组织要在社区治理中发挥出轴心作用，就要以党的领导为中心、以服务群众为纽带，画出共建共治共享的最大同心圆。

佳荣里社区党委着眼新形势下基层党建和社区治理的新任务、新要求，坚持“同唱一首歌，共演一台戏”的工作思路，强化“红色引擎”，织密“红色网格”，构筑“红色堡垒”，搭建“红色桥梁”，用党建激活力、挖潜力、造动力、聚民力，逐步探索出一条党建引领下的社区治理之路，展现服务民生新作为。

孟曼再说到现在：“充分发挥党员以身作则，带头学习，带头奉献，带头服务的先锋模范作用，为后续的管理服务奠定了坚实的基础。时至今日佳荣里社区已由最初的19人，发展到四个支部172名党员，建制也由支部升格为党委，强大的党员队伍成为了社区治理的骨干力量。我们社区党委尤其注重培育班子成员发挥模范带头作用，把四个支部的12名班子成员作为首批培育目标，定期召开支部班子会，组织班子集中学习。并以‘星星之火，可以燎原’的模式，引领开展互助。”

社区居委会既是群众性自治组织，也是党和政府在基层的触角延伸，在社区管理服务中发挥着举足轻重作用。佳荣里社区没有物业，在工作实践中，充分发挥了居委会的主体作用。在管理上，采用分片包干、网格管理的模式。

佳荣里社区坚持以社区志愿者、热心公益事业的人士为基础，倡导“有时间做志愿者、有困难找服务队”，在社区成立了特色志愿服务队，谁家要是有个什么问题，只要一个电话，社区服务队就马上帮着解决。

党的方针政策要依靠基层去落实，百姓的诉求要依靠基层去协调解决。社区管理和自治能力创新工作，重点难点在社区，活力源泉也在社区。下一步，佳荣里社区党委将进一步巩固和深化旧楼宇管理服务模式，为全面加强和创新城市基层治理，加快建设繁荣富裕、文明和谐、宜居美丽的新北辰做出新的贡献。

北辰区委组织部副部长毛伟表示："社区是居民共同的家园，离不开大家的共同参与。而社区党组织作为社区的领导核心，更是责无旁贷，必须充分发挥连续群众的桥梁纽带作用。发动群众，带动群众，依靠群众，共同参与社区治理，共同创造美好的生活。"

坚持党建引领基层治理，坚持基层为上、基层为重、基层为要，坚持自治、法治、德治相结合，以镇、街道机构改革为动力，以为基层赋权减负为路径，以网格管理和网络技术为依托，以镇、街道、村、社区为基本作战区域，强化基层党组织的轴心作用，推动权责、资源、力量向基层一线下沉，提升基层治理社会化、法治化、智能化、专业化水平，增强基层治理和服务群众工作的预见性、精准性、高效性，打造共建、共治、共享的社会治理新格局，使群众看到党的形象、听到党的声音、感到党的温暖。

旗帜火红，于今更艳；高山景行，于斯更盛。乘着全面从严治党的时代东风，肩负全面建设社会主义现代化强区的历史重任，北辰区各级党组织和广大党员干部正昂首阔步前行。

《聚焦先锋榜》栏目组提供

广东广州天河区党委党支部

天河中央商务区是广东省广州市中心城区的核心区，区域总面积 20 平方公里，现已建成总面积超过 1350 万平方米的写字楼集群，拥有甲级写字楼 121 栋，其中“亿元税收楼宇”71 栋、超“10 亿元税收楼宇”17 栋，吸引了 140 多个世界 500 强企业设立近 200 个项目机构，以及超过 100 家总部型企业落地；入驻企业数超 9 万家，区域内的新经济组织和新社会组织已成为推动天河区经济社会发展的重要力量。

进入新发展阶段，站在天河中央商务区打造“四个出新出彩”示范区的新历史起点，广州市天河区牢固树立“全域党建”理念，以区域化党建为抓手，整合商务区内街道、社区、机关事业单位、国企、“两新”组织等不同领域党组织资源，提升区域党建整体效应，不断提高贯彻新发展理念、构建新发展格局的能力和水平，大力推动天河中央商务区出新出彩，创出商务区党建的“天河样本”。

广州市天河区委常委、组织部部长邵国明是这样介绍“天河样本”的：“近年来，天河区委认真贯彻落实习近平总书记有关加强基层党建和‘两新’党建的工作要求，主动适应城市社会群体结构和社会组织架构的变化，坚持党建服务中心工作的导向，强化党建助力企业发展的思维，充分发挥中央商务区楼宇集中、产业集群、人才集聚的优势，以‘两新’党建为着力点，以‘红联共建’为抓手，全力推行‘八联八力’党建工作机制，以高质量的区域党建，推动区域经济高质量的发展。”

在广州国际金融中心的 46 楼，这里还有一间备受白领青睐的精神补给站——广州国际金融中心“红棉心语”党群服务站。服务站面积 558 平方米，专设“白领”党员课堂、谈心谈话室、会议活动室等多个功能区，建在楼宇里的党群服务站，为企业提供培训场地、为员工提供活动场所，实现全方位立体式服务。楼宇党委通过走访，为企业解决各类疑难问题，助力企业发展。

辖区越秀地产党委党员曾逸龙很有发言权：“我们也参加了很多的党组织的活动，包括企业之间的交流，更好地提升了各个企业之间的交流合作。”

近年来，党建对区域发展的红色领航潜力逐渐显现，散落在高端楼宇中的多元力量汇聚成一列高速列车，引领区域发展。

天河区楼宇党建的“西塔模式”逐渐成熟之后，也渐渐走出西塔，推向更多楼宇。2020 年 3 月，继西塔党群服务站后，东

塔党群服务站开始试运行，2020年5月，天河中央商务区南区联合党委成立，加大党建对周边区域的引领辐射效能。

自2020年5月，天河中央商务区南区联合党委成立以来，突破了单栋楼宇的地域局限性，在南区片区范围内推动成立了楼宇网格基础、街道片区统筹，CBD（中央商务区）区域支撑的三级党组织联动体系，聚沙成塔、连塔成片，推动综合服务精细化品质化。目前片区内23栋甲级写字楼都已成立了党群服务站，“十分钟党群服务圈”初步形成，为优化区域营商环境提供了坚强的阵地保障。

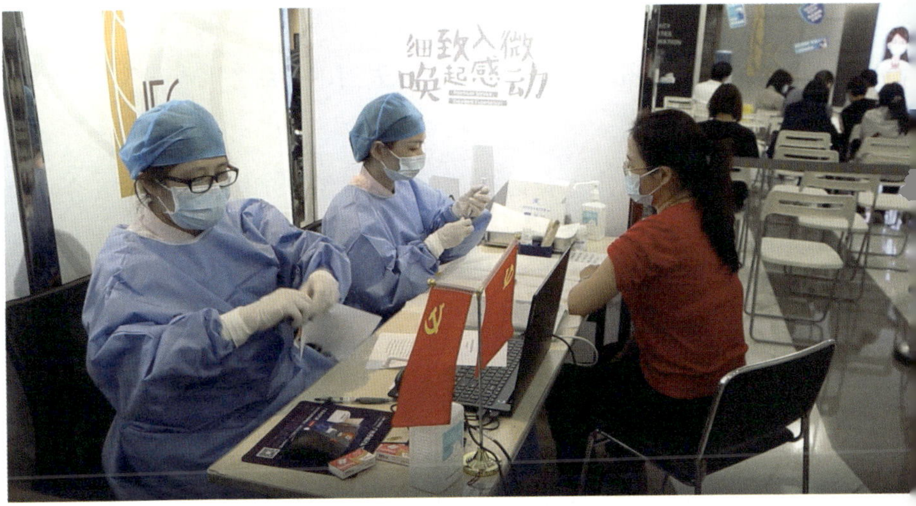

在寸土寸金的天河中央商务区，基层党建正在不断“破圈”融合。天河区打破壁垒，将楼宇物业、企业、机关单位、社会团体等聚集在一个平台上，共同构筑生态圈，服务楼宇经济和区域发展，其中最典型的代表就是“百楼百站”专项行动：依托公共空间、物业公司及楼宇内龙头企业，打造一批优质党群服务站，构建天河中央商务区“十分钟党群服务阵地网”。西塔旁的富力盈凯大厦就是其中一个代表。

楼宇党建的边界不断突破，服务不断在叠加，共建共治共享的新探索、新形态层出不穷。2020 年，天河区冼村街道探索的“街道—社区—楼宇小区”三级党群服务阵地建设模式，实现了楼宇党建从有形覆盖到有效覆盖，为天河中央商务区点亮了一片红色新天地。

冼村街道党工委副书记岑伟雄总结了工作成果：“在今年上半年实现楼宇的党群服务站建设全覆盖，让党旗高高飘扬在商业楼宇上，做到党员工作生活在哪里，党组织覆盖就到哪里，更好地为群众办事。接下来我们结合区内开展的以党建为引领“令行禁止、有呼必应”的平台建设，把它延伸到楼宇小区，让基层党组织、企业党员群众吹哨，街道职能部门呼应的共享共治的一个社会治理新体系，更好地为辖区的经济发展，居民的生活做好服务。”

楼宇党建成果走出楼宇、融入区域，多元主体参与区域治理和区域发展的能动性被激活，党建引领区域发展的影响力不断扩大。

近年来，天河区以“红联共建”为载体，以“八联八力”为抓手，以天河中央商务区甲级写字楼为重点，推动楼宇党群服务阵地建设，构建“十分钟党群服务阵地圈”，共建成105个楼宇党群服务阵地。依托党群服务阵地，以“我为群众办实事”为主题，动员街道、社区、机关事业单位、国企和“两新”组织等不同领域党组织联动共建，积极开展服务群众、服务企业行动，着力提升党建引领优化区域营商环境的能力，以高质量党建引领区域高质量发展。

甲级写字楼里进驻“法律智库”，党员律师、公证员在服务为民中践行初心使命，为楼宇企业和广大群众提供普法宣传、法律咨询、法律风险防范、公证等优质高效服务，以点带面提升区域党群服务效能。

2021 年 3 月，天河区委组织部与广州市律师行业党委、广州公证处党委在西塔党群服务站签署党建共建合作协议，探索构建“党建 + 法律服务 + 营商环境”融合的工作模式。类似的党建共建是天河区深化“红联共建”、助推天河中央商务区高质量发展、打造法治化营商环境的积极探索。

广信君达党委书记章勋就是参与党建共建的党员之一：“我们是派出律师在党建阵地定期驻点进行法律咨询服务，使我们整个

楼宇的其他行业的企业能够得到一些贴身的法律服务。”

除了法律服务，在行政服务上也有进步和提升，广州公证处主任祁志强所说就是所为：“我们公证处紧紧依托楼宇的党群服务站设立法律服务点，安排工作人员，定期或者不定期的驻点服务、巡回服务，为他们提供近在咫尺的业务咨询，现场办证等服务，打通服务企业和党员群众的最后一米，为营造中央商务区法制化营商环境贡献力量。”

为了及时传递党的声音，助力“两新”组织发展，2020 年 7 月，天河区“两新”组织党建研究会成立，指导会员单位强化党建与业务发展融合，探索新时代党建工作新方向。

天河区“两新”组织党建研究会会长王自后就表示：“研究会成立以来，我们致力于为会员单位搭建党建交流平台，在全市率先举办了四期“天河红联”共建论坛。我们在区域化党建、互联网党建，还有物业党建、楼宇党建等方面进行了深入的探索，我们的党建研究会的机制也逐步的成熟，现在会员单位的合作互动逐步的深入，我们党建研究会的品牌影响力也逐步的扩大。”

为全面推进“两新”党建工作向纵深发展，着力提升党在新兴领域的影响力和号召力，切实提高城市基层党建整体效应，天河区积极整合区域内红色资源，指导“两新”组织开展形式多样、内容丰富的党建活动，以党建引领推动“两新”组织高质量发展。

“学党史、知党情、跟党创业”，一场生动的主题党课活动在天河区“港澳青年之家”举行。“港澳青年之家”是天河区为港澳青年量身打造创新创业的乐土。为加强“两新”党建工作，更好地服务港澳青年创新创业，“港澳青年之家”党群服务站用通俗易懂的方式向港澳创业青年宣传中国特色社会主义、中国梦等党建理论，建立港澳青年的国家意识和爱国精神，使他们更好地融入国家发展大局，融入大湾区建设。

香港创业青年王慧璐就很感谢区党委和各支部：“天河区的党委组织部和天河区两新组织党工委，给我们天河区的民营企业及时的传经送宝，为我们提供了两新组织党建工作相关的工作指导。在两新组织党工委的带领下，我们组成了一个百年党史的宣讲团，邀请了广东省广州市和各地的党史的相关专家来给我们进行讲解，我觉得在这次活动当中，我们也汲取了相应的力量，为我们将来的党建工作和我们的企业的运营工作都提供了坚强的后盾和支持。”

“企业有呼，部门有应”。天河区委以构建“令行禁止、有呼必应”党建引领基层共建共治共享社会治理格局为统领，紧扣“红色引领，联动共建”，推动区域内党组织实现班子好、队伍好、机制好、能力好、形象好的“五好”总体目标，形成全区统筹、条块协同、上下联动、共建共享的区域化党建工作新格局，以高质量党建助推经济社会高质量发展。

接下来天河区委将认真贯彻落实新时代党的建设总要求，在

“两新”党建工作中紧紧围绕党建强、发展强的目标，深化区域统筹，推行全域党建，促进融合发展，持续打造商务区党建的天河样本。

“红联共建”、“两新”党建、区域化党建……从物业到楼宇，从行业到园区，从园区到社区，在党建引领下，跨领域、跨区域、跨行业融入自身特色，以党建引领区域高质量发展，以创新提升治理水平，成为天河区域化党建写就的新答卷。在建党百年之际，天河区将以高质量党建赋能高品质营商环境，进一步拓展党建共建领域，扩大党建引领区域发展的影响力，以优异成绩献礼建党 100 周年。

云南昆明经开区党委党支部

在中国的西南地区、云贵高原的中部，有这样一座城市，这里四季如春、风景宜人，是举世闻名的春之都、花之城，它就是云南省的省会城市——昆明。

1992 年，昆明经济技术开发区正式成立。2000 年经国务院批准升级成为国家级经济技术开发区，历经 28 年，现区划面积 156.6 平方千米，已建成面积约 50 平方千米，总人口 26 万人，注册企业 2.7 万余家，是云南省唯一集国家级经济技术开发区、国家级综合保税区、国家科技兴贸创新基地等于一体的多功能、综合性产业园区。2019 年 8 月，中国（云南）自由贸易试验区昆明片区设立挂牌，与昆明经开区党工委、管委会实行两块牌子、一套人马，合署办公、一体化融合发展。

十九大对党的建设提出了新任务新要求。不断开创新时代基层党建新局面，必须坚持用习近平新时代中国特色社会主义思想武装头脑，牢牢把握新时代党的建设总要求，坚持协调推进、统

筹推进、一体推进，不断提高党的建设质量，做到管党有方、治党有力、建党有效。

2020 年，中国（云南）自贸区昆明片区（昆明经开区）党工委主动适应“双区”合并设立新形势新任务，以“自贸区党建引领自贸区建设”为主线，扎实推进创建党建示范园区工作，党建实力快速提升，不断引领园区经济社会发展。

近年来，在区党工委领导下，全区上下坚持贯彻落实党要管党、从严治党，不断探索适用于新时代发展的党建新路径，逐渐形成了“党建统领、八项引领、总体谋局、全面创新”的特色党建格局，园区党建“红色引擎”作用愈发显现，越来越多的优秀党组织成为园区建设的“红色堡垒”，越来越多的优秀党员成为推动发展的“红色力量”。

2020 年 7 月 1 日，中国（云南）自贸区昆明片区“党建引领双创高质量发展”案例成功入选《首届全国自贸片区党建创新案例》。中国（云南）自贸区昆明片区与昆明经开区合并设立以来，积极探索自贸区服务新模式，全力优化营商环境，为企业提供更加优质、高效、便捷的服务，推动经济高质量发展。

关于如何提高经开区的营商服务，经开区行政审批局副局长李曙曦是这样解释的：“行政审批局主要的职责就是牵头推进我们营商环境的优化和提升，主要要把我们的政务服务中心打造成为全国一流的服务平台。我们的大厅从建设设计的初期硬件就是

按照群众办事的流程，商事帮办的服务是可以从第一个窗口走到最后一个窗口，就可以把你开办企业所有涉及的营业执照、发票、医保、社保等的这些业务全部办完。最后走到一楼，有一个24小时自助服务区，就可以拿到你的所有材料。”

2020年，党工委主要领导带队用4个多月对全区各领域党建工作进行全面调研，提出并实施《园区党建示范工程三年行动工作方案（2019—2021年）》，着力打好“一网四品五张牌”，通过系统性规划、项目化推进、精准化布局，最终实现党建引领下中国（云南）自贸区昆明片区、昆明经开区全方位发展“协奏共鸣”。

在这其中所开展的具体工作中，就包括了区党工委与昆明学院等高校优质创新创业资源合作，挂牌“昆明片区文化党建示范基地”，联合举办第三届中国纺织非物质文化遗产大会，迈出了以区域党建联盟助推“校地合作”的关键一步。

昆明学院美术与艺术设计学院党委副书记祝立业也非常欢迎这样的合作：“我们现在的合作主要是基于全面利用这样的一个平台，来推进学院的人才培养科学研究以及服务社会文化传承这方面的工作。当然区里也全面的支持我们，在经开区范围内的这些企业，用他们的党建工作来推进我们的发展。

过去的2020年，是不平凡的一年，一场突如其来的疫情，打乱了人们的生活，打破了城市的节奏，而在“抗疫情、促发展”

中，云南自贸区昆明片区果林片区联合党委充分发挥党的核心领导作用，一手抓抗疫，一手抓经济社会发展，成绩突出、成效明显著。但这只是云南自贸区昆明片区特色党建的一个缩影。

经开区果林社区第一书记祁娟对疫情期间的工作抓得特别细：“疫情防控期间，我们果林下设的 12 个小区，8000 多户 3 万多人口，我们制定了一卡一图一手册。整个措施办法很有效，最开始我们从发动志愿者给我们捐蔬菜，免费送到每家每户，在这个过程当中，我们的服务拓展到了磨剪刀、磨菜刀、洗地毯、洗油烟机，我们就是从暖心服务，到爱心服务做起，做到每家每户的心坎上。我们的党旗在疫情期间在每个小区是高高飘扬的。”

撒梅族是彝族的一个支系，为了不断挖掘和传承阿拉街道彝族撒梅文化，经开区党工委充分发挥“红色纽带”作用，突出“党建引领、传承发展”主题，建设阿拉撒梅文化党建引领示范带。以党建引领民族文化传承、促进社区实现有效治理。通过“线上购买、线下体验”等方式搭建电商平台促进文化价值向产业价值转型升级。

经开区石坝社区党总支书记陆文龙对党建引领民族文化也是有具体认识的：“我们撒梅族历史，追溯它的源头，应该有好几百年了，每年的火把节以社区为主，搭建平台，举办每年的火把节欢庆活动。做这些活动的目的就是积极地宣传展示我们撒梅民族的文化丰富多彩的一方面，我们这个民族能歌善舞，从这个方

已建成面积：约50km²

面来体现这个民族有独特的韵味。”

随着这几年城市的发展，撒梅族的风俗习惯、语言文化慢慢失传，经开区相关的党支部就打造民族传习室，为撒梅族语言、舞蹈，还有刺绣的不流失失传，做了相应的保护工作。

为了做实区域党建服务阵地，以昆明片区综合服务中心为辐射半径，在50米范围内打造紫云青鸟党群服务中心，依托文创企业聚集的“紫云青鸟·云南文化”创意博览园，强化政治引领、阵地共享、资源聚合、政策扶持，加强“党建+双创、党建+非遗、党建+扶贫”等各领域运行模式的深度融合，全面推动文化产业结构调整和转型升级。

如今，中国（云南）自贸区昆明片区精准布局157个阵地矩阵，打造党建重点点位62个，覆盖2.7万余户企业、20余万党员群众，区域“党建矩阵”初具雏形，自主“党建实力”正在不断地有效提升。

像辖区内的昆明神犁设备制造有限责任公司是1970年成立的，公司党委成立于1971年。公司从成立之初开始一直就是在党的领导下发展壮大起来的。近年来，在经开区党工委的领导下，神犁公司党委作为国企党建的传承基地，充分发挥红色基因的传承作用，并且经常性地请老党员老工人老师傅回来，把过去他们辛苦创业的许多事迹，讲述给新一代的职工。神犁公司党委成为经开区国企党建传承基地以后，上级党委也为他们引进了更多的外部资源，也把公司的红色基因传承出去，带动了现在的经开区范围内民营企业的党建工作开展。

辖区里的昆明小太阳儿童用品有限公司2016年引入党建以后，对企业的发展起到了重要作用。企业这几年的发展欣欣向荣，每年的递增都是非常高，用公司杨经理的话来说："每天早上我们整个公司上上下下都要开晨会，第一是宣传和贯彻一些国家最近的党的方针政策；第二是跳企业文化操；第三就是唱企业之歌。这样下来以后，我们整个企业对党的认识，对国家的感恩，对企业文化的认识都有不同程度的提升。"

2021年是中国共产党建党一百周年，一百年风雨兼程，一世纪沧桑巨变。在这特殊的历史节点，为了向党的一百岁生日献礼。

经开区的各级党委和党支部都在用自己的行动向党和人民献礼：

经开区石坝社区党总支书记陆文龙相信在社区党总支、四个党支部及全体党员共同努力下，下一步做好城市化提升改造工作、上一个新的台阶，让所有的居民真正过上有安全、幸福、满意的现代化的都市生活。

经开区昌宏社区党总支书记李云芬希望在特色党建的引领下，在辖区所有企业的党组织的融合发展的带动下，能更大程度地提升辖区群众的幸福指数。

经开区果林社区第一书记祁娟表示：“今年是建党100周年，我们正在筹划建党100周年的系列活动，献礼我们的100周年，怎么献礼？就是需要我们一代人一代人将果林精神传承下去，把服务做好，把我们的居民拢起来，心团起来，我相信也坚信，只要有党的领导，我们一定会砥砺前行。”

中国（云南）自贸区昆明片区将全面贯彻落实好新时代党的建设总要求、党的组织路线，聚焦“努力打造新时代改革开放新高地和党建工作高质量发展新高地”，结合昆明片区实际，学习借鉴先进自贸区经验，深化改革谋创新，强化措施抓落实，深度融合党的建设与园区建设，不断增强党的政治领导力、思想引领力、群众组织力、社会号召力。从而，不断提升党建工作质量水平，引领自贸区高质量发展！

浙江杭州滨江区党委党支部

滨江区是浙江省杭州市下辖区，位于钱塘江南岸，全区面积72.22平方千米。这里是一片创新创业的热土，精英企业云集，“国际滨”范儿越来越足：城市化建设快速推进，信息经济、数字经济等新经济新金融新业态蓬勃发展，城市面貌、城市形象、城市气质正在以前所未有的速度不断改变和提升。

高质量发展的实现离不开一支高质量的党员干部人才队伍。近年来，杭州市滨江区委组织部从组织工作的高质量出发，在推动组织工作高质量上创新突破。2017年，滨江区委组织部提出：“可衡量才可管理”“管理增加确定性”，并开始了艰苦的实践探索，将管理学、现代科技引入组织工作；2018年开始，滨江区委组织部将管理学引入组织工作，探索运行组织工作绩效管理，形成了“KPI+GS+加减分”的绩效指标体系。

实行“卓越管理”+“数智党建”运行模式之后，组织工作不再难以衡量。滨江区委组织部组工干部上班的第一件事就是打开驾驶舱，查看自己的工作任务目标，并主动完成本日未完成的工作。工作是否按时按质完成，都会清楚地体现在个人的绩效卡上。

区委组织部组织科工作人员李玮说：“卓越绩效管理，根据每个人的岗位职责和工作节点，分解出个人的全年绩效指标卡，每个节点需要完成什么动作，达到什么具体的效果，全部在年初的时候就分解完毕了，每个干部都了然于胸。我们上班的第一件事情，就是打开组工驾驶舱，不仅能看到今天的任务，本月的计划，还能够看到年度的目标进展怎么样了。”

卓越绩效管理是将“KPI+GS+加减分”指标体系按时间轴、责任主体分解形成“绩效卡”，每人每月要干什么、干到什么程度算合格，一清二楚，有效增强了管理靶向，卓越绩效管理，让每个人都能紧盯目标，高效高质的奔跑。这种管理模式的实施倒逼党组织干工作要有数量，更要有质量。

比如，党建引领基层治理工作中，应主动感知触达百姓、引导正向行为、凝聚力量，输出更强组织力，提出“运力值”“资源力量调度数”等，引导干部在工作过程中，进一步聚焦组织力输出。

今天，组工干部李玮根据绩效指标的提示，来到了浦沿街道明德社区东和云第小区，跟踪其楼廊改造项目的建设情况。告别杂乱堆放的电动车，迎来整洁明亮的休闲区，东和云第小区的楼廊焕然一新。

改造和设置儿童游乐设施，让孩子在雨天也有地方玩耍；设置读书角，让家长和孩子共享阅读时光；设计经典怀旧游戏区，让快乐感染每一个小区居民……

小区居民牟洪很感慨：“我们搬进来很多年，从来没有现在这样漂亮，楼廊改造，好像搬进了新家一样。”

组工干部参与小区的楼廊改造，挨家挨户收集建议，倾听居民的心声，不仅楼廊慢慢变成居民期待的模样，干部队伍也在基层治理实践中得到了锻炼，更调动了人们参与社会治理的热情。

浦沿街道明德社区党支部书记来灿恩说：“我们的初心就是通过党建引领楼廊改造，来撬动服务居民，民主协商，锻炼社区工作人员的自理能力，打造一支叫得赢、打得赢的党员骨干居民队伍。楼廊改造完毕后，我深深体会到了基层治理的变化，同时也发现了一个个党员骨干、居民代表、志愿者等，一些楼道队伍他们在楼廊的后期运营当中，在疫情防控、平安滨江、美丽杭州建设当中，都起到了至关重要的作用。”

小区小组长杨素珍说：“小区的楼廊改造，我是见证者，也是参与者。我每天就是把图书整理一下，打扫卫生，粘贴坏的书。有时候电动车乱放，我们也及时给它停到车库里头去。这些我觉得我们既然是小区的居民，我们也有义务和责任，把这些利民的活动做好，每天看到小屋的爷爷奶奶和带着的小朋友，其乐融融

平安巡防

好书推荐

的，我们觉得我们的付出也是值得的。”

通过实地验收，组工干部李玮看到了楼廊焕然一新，工作得到了百姓认可，圆满完成了一项工作目标，获得感满满。

李玮说：“组织工作的特点是量大且繁复，面对大量的工作，有时候感觉没有头绪，节奏难掌握，力量难调配，实行卓越绩效管理以后，按照效果导向，量化了目标任务，按照业务流程，再造了线上的管理闭环，按照责任单位，实现了力量统筹。工作上以终为始，科学的管理办法，让我们的工作更加顺畅，更加高效，成果也更加显著。”

实践结果表明，绩效管理闭合圈的打造，激发了每个人的工作使命感和能动性，有力拉动了组织效能，促进了组织目标的达成……2019 年以来滨江区党组织新建数达 436 个，2019 年、2020 年新建数均列全市第一。各街区党群阵地的活跃指数持续位居全市前列，组织力指数逐年上升；全区储备专业型年轻干部达到 171 人，干部梯队明显优化；大学生新引进数、年新增硕博人才数、创新创业团队数、人才计划创业类人才数、创客天下大赛项目引进数等多项指标省市第一，“5050 计划”项目认定天数、资金兑现流速均提升 50% 以上。这些成绩的背后是各级党员干部们的努力和奉献。

据区委常委商丽萍介绍：“通过管理模式的变革，我们逐步形成了目标管理、过程管理、绩效评估的闭环管理，实现了千斤重担人人挑，人人头上有指标，奖优罚劣看绩效的势头，引导大家从人与人比，转化为了与自己的行为结果与目标比，人人向着目标去，形成了多主体的整体高效的协同，这反映到工作当中，避免了不必要的内卷，又有效促进了组织目标的达成和队伍的成长，这会裂变出强大的组织动能。”

实行卓越绩效管理，全面提升了组织工作核心竞争力，提升了组工队伍的战斗力。新时代，为了契合滨江区“建成快乐创业、幸福生活的世界一流高科技园区”的愿景和坚守“发展高科技、实现产业化”初心使命，滨江区委组织部对提升干部队伍专业化水平提出更高要求，启动以“懂高新、懂城市、懂管理”为主题的“三懂”培训，对区街两级机关党员干部实施全覆盖大轮训。

通过教育戏剧等形式，引导干部们培养即兴能力、即兴思维，在游戏中提升团队合作、决策和处理问题的能力，在引申讨论中达成提升个人韧性和组织弹性的课程目的。

高新开发公司党群办主任马荻文说：“‘5050’培训，跟我参加过的任何一次培训都不太一样。比如说我们刚才参加的教育性戏剧，这种带有故事线的，沉浸式的这种教育方式是比较新颖的，而且也是比较受年轻人欢迎的。它带给我最大的冲击就在于，它引导我学着去做自己人生的看客，这其实挺不容易的。像‘5050’这样形式新颖，而且极具教育意义的课程还有很多很多，比如说像四问的工作方法、教人沟通的冰山理论、还有像课

5050 创业金高校签约仪式
西安交通大学
签约人
滨江区人民政府
签约人
同济大学
签约人
南京航空航天大学
签约人

朋远至
第四届滨江国际人才节
our global friends
ing our noble plans
成大业

题调研、与企业家面对面交流的这种圆桌会议等这样的形式，相信通过这次培训，我们都一定会收益良多。”

滨江区委组织部坚持“梯度育人”，利用特色的课程、丰富的教学资源，不断提升干部队伍专业化水平，并实施组织工作岗位知识技能看板管理暨“绿巨人”计划，促使干部打起“比学赶超“的精神，延续“比学赶超”的劲头，定可抓紧做好各项工作，为滨江区的高质量发展提供坚强的组织保障。

创造高质量发展新动能，必须紧跟数字化转型步伐。滨江区大力开展“数智党建工程”，以数字化改革撬动组织工作高质量发展。

来杭州滨江的创业者在手机上动动手指，第二天就能拿到人才房的钥匙，人才办为招引至滨江区的人才提供一站式安居房服务，让来到滨江的人才都能快乐创业，幸福生活。

入驻区里的科技公司负责人徐宝也很满意这样的服务：“其实当时我们来的时候，也考察了一些地区，为什么我们最后选择滨江呢，我觉得第一点，我觉得这边的整个的生态非常好。它体现在一点，它的资金兑现落实非常快。第二点，在疫情期间足不出户，就会帮你解决所有的问题了，我们可以实现全部在线上进行申请、批复，包括最后的合同签订，只是在最后一步，到现场去拿钥匙可以了。感觉效率非常快，而且所有的流程都是透明化的。”

数字化改革驱动了滨江区组织工作的智能化和现代化。经过4年多努力，滨江已完成了业务系统、数据中台和端的建设、流程再造等四梁八柱的基本建设，并深入到场景智慧化进程，打造了干部立体画像研判、闭环管理智慧协同、“大脑＋手脚”多跨协同“智推”、分类触达精准服务、人才工作智能考核、人才合作图谱等场景。高效高质的组织工作，激发了滨江人才的创新活力，塑造了滨江发展的新优势。

入驻区里的一家医院公司董事长孝作祥也是赞不绝口：“滨江区是一个创新创业的一个乐园，吸引了全世界各地的创新创业人才来滨江区创业。特别是有前沿技术，有自主创新能力的这些创业人才，在这里找到了他们的落脚点，我们的公司在落脚滨江两年以来，体会到这些项目给我们提供的便捷，和对人才的吸引力，使我们企业得到了快速的发展，我希望滨江将来能吸引更多的人才，让国际型的人才聚集在一起共同创业。”

当前，浙江全省上下正紧锣密鼓地推进数字化改革，有了更强有力的引领，超优质的生态，滨江区正努力成为数字化改革中的示范生，持续深度融合“数智党建”与“卓越管理”两大工程，驱动组织工作管理模式的变革、组织工作核心能力的提升、组工队伍的成长，进而高水平实现党建统领下的整体智治，从整体上推动经济社会发展和治理能力的质量变革，效率变革和动力变革，以高质量组织工作，护航“国际滨”高质量发展。

新疆富蕴县可可托海党委党支部

额尔齐斯河是我国唯一流入北冰洋的河流，位于新疆阿勒泰地区富蕴县。额尔齐斯大峡谷入口处，是额尔齐斯河流域源头上的第一个村落——塔拉特村，被誉为“额河第一村”。塔拉特村是一个农牧业村，上百年来这里的人民以种植和养殖为主，收入单一，生活十分艰苦。

用村支部书记赫巴特·毛力汗的话来说：“我到塔拉特村是我们镇上下派的干部，我到塔拉特村已经两年。2016 年之前我们村很多这样的危房，当时房屋结构已经破烂不堪这样子。根据上级政策，危房必须拆除，这就需要给老百姓做很多工作。”

2016 年 8 月，塔拉特村被国家农业部确定为“一村一品示范村”，被新疆维吾尔自治区民委确定为特色村镇。塔拉特村依托得天独厚的旅游资源，紧抓可可托海矿区转型发展机遇，逐步探索形成“党建 + 旅游 + 农户”模式，由此开启了脱贫攻坚和美丽乡村建设的加速度。

赫巴特·毛力汗说："党支部开始尝试旅游这项工作呢，也就是第一个吃螃蟹的人，就是我们支部委员。他去带领引领我们老百姓，做这项工作。我们党支部引领这项工作，我们好多退休的老干部，老党员也去尝试这项工作，支部党员引领之后呢，好多年轻人也去参与这项工作。同时呢也加入到我们的这个支部。"

塔拉特村党支部党员人数由以前 21 个增加到现在的 39 个。该村推行"一支部三中心"工作机制，同步建立了日积分、周评比、月述职的工作机制，每周针对工作完成情况进行评比公示。"三大中心"自组建以来，使基层力量从"单打独斗"到"握指成拳"转变，由"群众跑腿"向"干部跑腿"转变。

2016 年以来，塔拉特村不仅先后整合各类项目资金对公路、桥梁、人居环境建设等基础设施提档升级，而且争取到援疆资金 1150 万元，建成村游客服务中心、民俗文化广场和观景台等，为旅游产业"吃住行游购娱厕"奠定坚实基础设施保障。2018 年该村被授予国家的 3A 级旅游风景区。

在 2018 年刚转型为旅游村时，有些家庭收入只有 2 万元钱，到 2019 年、2020 年，虽然有疫情的影响，但有些老百姓收入达到了 40 万左右这样的收入。

塔拉特村党支部以"抱团取暖"的思路，探索"支部 + 协会 + 农户"管理模式，由支部牵头，成立"额河党旗红"民宿旅游协会，联合游客接待中心对民宿统一管理，实行宣传营销、客源分配、服务标准、收费价格“四统一”，选派机关干部进行日常指导监督，在规范经营、提升品质上狠下功夫。

驻村干部哈哈·托汗是这样解释的：“我们主要一帮一，带着咱们村干部开展工作，主要就是通过村支部发挥战斗堡垒作用，同时让党支部有凝聚力，向心力。让党支部的全体党员带着村民发家致富。我们就是打造一个永不走的工作队，我们的考勤机是村民，每天早上打卡不是电子形式的，而是村民把你安排到哪个地方——村里的每个角落，谁打电话，我们就代表村党支部去，村两委去开展工作。”

服务群众就是全心全意为人民服务，一切以人民的利益为出发点和归宿。2017 年村党支部率先选取了 10 户党员示范户外出至禾木、昌吉等地参观学习，并按照“一户一特色”的思路，分别打造哈萨克食品制作、手工艺品制作、音乐舞蹈等特色亮点户。依托可可托海干部学院实践体验课堂优势，推广“民俗家访”特色旅游。通过开展百家旅行社、百名旅游达人、百家新闻媒体进塔拉特村的三个 100 活动以此打开知名度。充分利用旅游网站，实现“民房”变“客房”、“资源”变“资本”、“村庄”变“景点”。

村民托莱吾·胡马提对此很有感触：“我们这边以前出去都是土路，交通很不方便，去镇上走两小时，看病不方便，没有诊

所，也没有学校，后来在党干部的帮扶下，我们有了公路，有了卫生院，有了学校，而且还带着我们做民宿，发展旅游，我们收入也提高了，感谢党的政策。”

日益红火的旅游业，让村民的生活充满快乐和幸福，来塔拉特村寻求发展机遇的人越来越多，一幅美丽宜居宜业的乡村生活画卷正在徐徐展开。塔拉特村由贫困村到民宿旅游新村的蝶变，靠的不仅是支部引领、党员带头、群众参与的工作模式，更多的是赓续可可托海的红色基因。可可托海精神，犹如西部的红色精神高地，激励着更多基层党组织朝着伟大目标奋勇前进。

可可托海小镇，因丰富的矿藏资源而闻名，在可可托海国家矿山公园里，有素以“地质矿产博物馆”享誉海内外的三号矿脉，蕴藏着目前世界上已知的 140 多种有用矿物中的 86 种。在 20 世纪曾为我国航空航天和国防工业发展提供了珍贵原料，也被称为“功勋矿”。当时全国各地近四万名建设者来到可可托海，共同开发建设这个国家重要的稀有金属基地。出于国家机密，1980 年以前的中国地图上找不到可可托海的名字，只有一个神秘的代号“111”。

可可托海第一代矿工买迪 · 纳斯依回忆起当年唏嘘不已：“1951 年开始我们和苏联人一起开采矿，50% 他们拿，50% 我们拿，很多的宝石被苏联拿走了。”

面对物资的匮乏，面对疾病的威胁，他们全天忍受着极寒，

用手挖，用肩扛，不仅偿还了中国政府欠苏联大量的外债，也创造了可可托海的第一代辉煌。铸就了“吃苦耐劳、艰苦奋斗、无私奉献、为国争光”的优秀品质。

20世纪90年代末，可可托海由于资源枯竭、发展陷入停滞。2012年以来，富蕴县全力推进可可托海矿区产业、城乡、生态、民生、机制五个转型。目前已拥有“全国历史文化名镇”“全国独立工矿区改造示范点”“世界地质公园”“国家5A级旅游景区”“国家级文明村镇”等殊荣，成为特色鲜明的干部红色教育基地。

富蕴县可可托海镇党委书记王陆平对此就有所总结："全面落实阿勒泰地委以旅游业为主体，牵动一产、托举二产的发展思路，坚持红色引领，旅游主导，转型发展，城乡统筹，树牢抓党建就是抓发展的思念。全面推进"党建+"，强基铸魂，不断激发高质量活力，努力实现农业产业化，产业园区化，园区景区化，景区效益最大化的农村一、二、三产业融化发展体系，让党建引领下的乡村振兴走在前面，落在实处。"

可可托海镇紧紧围绕"抓党建、强服务、促旅游"的工作思路，积极构建区域统筹、条块协同、上下联动、共建共享的区域化组团式党建联盟新格局、积极探索社区服务提质提效新模式，设立党群服务中心。

团结路社区坚持将党的政治建设与抓基层打基础、强化党员管理、服务党员群众、打造"红色文旅示范区"为目标，推行"三抓三提升"工作方法，实现"全科社工"一站式服务窗口"一窗受理、集成服务、只跑一次"。在社区党群服务中心打造服务功能各具特色的驿站、在"芳华·故事里"打造运动驿站。

文化西路社区打造"七彩服务帮万家"党建品牌，凝聚各方力量、调动各方资源、实现多元共治、齐抓共管，提升了党员群众的归属感和参加活动的积极性。

文化东路社区以三级联动、三事分流、三治并举的"三三三"工作机制提升服务能力综合水平、夯实基层组织建设、壮大基层

矿山母亲讲矿山故事
弘扬可可托海精神

力量。每月组织辖区群众开展一次红色现场教学，常态化开展居民群众感党恩教育，多渠道、多形式传扬红色文化、传承红色基因，使辖区党员群众常怀感党恩之情、常思乡愁之念。

王陆平说：“刚刚到任可可托海不到三个月时间，其实我认为我们每个人要做好可可托海精神的传承人，做一个弘扬和宣传可可托海精神的宣传员，同时还要做好可可托海精神的践行者。”赫巴特·毛力汗也认为：“可可托海精神是我们的精神支柱，因为可可托海是一个红色基因传承的胜地。”哈哈·托汗也说：“可可托海精神是一个艰苦奋斗的历史，我们需要向前辈们学习的东西太多了，他们为此付出的代价大，甚至不顾自己的生命去给国家还债。”

变化的是时代，不变的是精神。可可托海，原本就是一本厚厚的史册。在历史与现实之间，追寻灵魂根脉是打开可可托海精神红色密码的一把金钥匙。可可托海精神折射出的是一部可可托海人艰苦创业、立志复兴、报效祖国，与中华人民共和国荣辱与共的创业史和奋斗史；折射出的是中国人民建设社会主义现代化国家进程中敢于担当、坚韧不拔、开拓创造的风采。

建党百年华诞之际，来可可托海欣赏自然美景、倾听英雄故事，回忆峥嵘岁月，传承红色基因，发扬“吃苦耐劳、艰苦奋斗、无私奉献、为国争光”的可可托海精神，坚定不移感党恩听党话跟党走，把我们的国家建设的越来越富强，为早日实现中国梦添砖加瓦。

《聚焦先锋榜》栏目组提供

海南白沙邦溪镇党委党支部

“峰峦毓秀，山泉下尺飞如电；歌舞升平，哈黎销魂长桌情。”这是海南省白沙黎族自治县邦溪镇当年被评为海南十大最美小镇的描述，字里行间传递出了邦溪镇的风光旖旎，自然纯净。这个坐落在白沙西北部的小镇，除了浓郁的民族风情、醉人的风光，以党建为引领的乡村振兴也是这里一道靓丽的风景线。

2021 年是中国共产党百年华诞，也是巩固脱贫攻坚成果、实现同乡村振兴有效衔接的起步之年。新时代下，邦溪镇认真践行党中央的决策部署，坚持党对农村工作的全面领导，积极探索党建引领乡村振兴新路径，有效激发了全镇党员干部和农民群众发展的内生动力，跑出了乡村振兴的“加速度”。

镇党委副书记苏丰认为应该这样跑：“坚持党建引领，选优配强村党组织书记及班子成员，把一些年轻、退伍军人、妇女等优秀分子吸收到我们的党员队伍中来，增强基层组织的生机和活力。通过党建引领，汲取党史智慧，发扬革命先辈的优良作风，以提升群众获得感、幸福感、安全感为导向，不断在实践中解难题、办实事，为乡村振兴提供坚实的群众基础。”

在邦溪镇，有一座被称为芭蕉的黎族村庄，它的名字不仅勾勒出了人们对这里最初的记忆，也在一叶才舒、一叶又生中讲述着古村重生的故事。今天，当你走进芭蕉村，很难将它和贫困二字联系在一起，2012 年以前，芭蕉村百姓住的几乎都是老旧瓦房和茅草房，得益于美丽乡村建设，如今的芭蕉村发生了翻天覆地的变化，一跃成为“中国最美休闲乡村”。在芭蕉村的建设过程中，当时遇到了少数村民不理解、不愿意拆除旧房的阻力，当地党员干部主动作为，通过入户耐心细致讲解政策、说明危旧房的安全隐患，讲解拆除的重要性和紧迫性，动之以情、晓之以理，劝导农户改变思想，配合施工队拆除自家的房屋，发挥了先锋模范作用，成为了美丽乡村建设的助推器。

村庄越来越美，而芭蕉村党支部带领村民追求幸福的脚步却从未停歇，借助海南省全域旅游发展的东风，芭蕉村陆续新建了 5 栋旅游民宿，统一经营管理，发展民宿产业。

无独有偶，类似的情况也发生在邦溪镇的南班村，南班村由于缺乏支柱产业，村民的收入普遍较低，“村庄破旧尘飞扬，致富无门愁煞人”是当时村里的真实写照。如何彻底解决村民的住房问题，改变村庄脏、乱、差的环境状况，帮助村民早日脱贫致富，2016 年，南班村借鉴付俄村、芭蕉村，整村推进建设的成功经验，开展美丽乡村建设。

随着脱贫攻坚的圆满收官和美丽乡村建设步伐的不断加大，昔日路难行、村贫困的南班村实现了白天鹅般的极致蜕变。一排排充满民族元素的房屋整齐划一，显现出了新南班人家的独特气质。

如今，完成华丽转身的南班村，充分发挥农村基层党组织的领导作用，继续为乡村振兴添柴加薪。他们借助得天独厚的天然美景搞旅游开发，让南班村告别了贫穷的日子和痛苦的回忆。今天的南班村生态宜居、乡风文明、生活富裕，这既是一份乡村振兴战略下的满意答卷，也是中国共产党为人民谋幸福，不忘初心的一个生动缩影。

随着人居环境的焕然一新，农民的幸福指数显著提升，邦溪镇吸引了越来越多的年轻人回到家乡，扎根农村干事创业，他们用青春与智慧撬动乡村旅游产业，为农村带去了新知识、新思想，源源不断地为乡村振兴注入新活力。

2021 年 4 月 14 日，美丽的白沙黎族自治县，又迎来了一年一度的黎苗族重大节日“三月三”节。邦溪镇和其他乡镇组成的民俗巡游方阵走上街头，上演了原汁原味的民间文艺表演，带来节日祝福的同时，也让现场观众大饱眼福。

巡游现场的一隅，一首曼妙悦耳的黎家歌曲，很快就吸引了众人的注意，3 名穿着黎锦服装的黎族阿哥，或抱着吉他浅唱、

或是回槌击鼓，表演十分投入。乐队成员之一的朱晓保，是邦溪镇南牙村一位地道的黎家后生，2007 年，朱晓保与村里的大多数年轻人一样，背上行囊，踏上了前往外地的打工路。近年来，见到家乡巨大的发展变化，想想十多年在外打工生活的艰辛和无奈，朱晓保决定回到家乡做一番事业。

山兰酒被称为黎族人的“琼浆玉液”，味道甘醇浓厚，要酿出上乘的山兰酒，离不开理想的生态环境和精湛的酿酒技术，白沙黎族自治县地处海南生态核心区，素有“水的源头”美誉，且各乡镇均有种植酿酒的原料山兰稻。朱晓保出生于一个酿酒世家，家里世世代代都酿造山兰酒，这些与生俱来的天然优势，都为朱晓保的成功创业奠定了坚实的基础。

过去，南牙村人凭借着歌舞天赋，和山兰酒的飘香，创造了神秘灿烂的文明，也沉淀下来厚实的文化遗存。如今，在党和政府的带领下，南牙村通过打造黎乐部落美丽乡村建设项目、高端水果种植基地等，为乡村振兴注入了更多文化内涵。

在南牙村的高端水果种植基地，村党支部书记朱晓清正深入田间地头，了解村民火龙果的种植情况。在南牙村，提起朱晓清，百姓无不挑起大拇指，自担任党支部书记至今，朱晓清始终把党的工作当成自己的事情，把百姓的利益放在心里最重要的位置，用实际行动证明了共产党员在服务群众道路上的执着与担当。

邦溪村党支部书记朱晓清是这样理解共产党员责任的："当好一名农村党支部书记关键是责任心，没有强烈的责任心，工作的热情就不会高、主动性就不会强、标准就不会高，更不可能有闯劲和干劲。任职邦溪村党支部书记八年以来，我始终牢记为人民服务的根本宗旨，牢固树立群众利益无小事的思想，认真对待工作，做群众冷暖的贴心人。"

实践证明，乡村振兴最有效的方式还是发展产业，邦溪镇以党建引领为抓手，加快产业项目落地，拓宽了农民增收渠道，实现了党建与富民相融并进。邦溪镇大石村的和牛产业项目建设之前，该村没有产业支撑，严重制约了当地经济的发展。2017 年

和牛养殖项目落户邦溪镇，由政府负责出土地、资金，企业负责具体产业运营，并吸纳贫困户到牧场就业，及发放产业分红的方式助力百姓增收致富。

黑山羊是一种优质的肉用山羊品种，其肉质细嫩，味道鲜美，具有较高的经济效益。2016年，经邦溪镇党员干部反复调研，结合孟果村的现状以及村民的意愿，决定把黑山羊养殖产业作为群众脱贫致富的支柱产业，建立黑山羊养殖基地，以黑山羊养殖带动农民增收，培育农村经济新的增长点。

眼下，邦溪镇围绕建强基层党组织，推进特色产业高质量发展，一步一个脚印，实现了美丽村庄的嬗变。而作为乡镇一级的党组织，邦溪镇党委在科学有序的推动乡村振兴进行中，也在不断加强党委自身建设，发挥好乡镇一级党委的龙头作用，切实引领好基层党的政治建设。

镇党委书记李之雄是这样认识党委建设的：“习近平总书记强调：基础不牢、地动山摇。这对我们抓好基层党建工作具有重大的指导意义。抓好基层党建工作是我们开展各项工作的动力源泉，党建工作开展的好不好，关系到我们各项工作的方向，关系到我们是否能凝聚社会一切力量推动经济社会发展。近年来，邦溪镇党委始终把抓好党建作为最大的政绩，牢牢把握党建工作的正确方向，在脱贫攻坚、乡村振兴和全面深化改革等方面充分发挥好党组织、党员干部的作用，不断助力邦溪融入白沙“三区一地一园”战略布局，推动邦溪又快又好发展。”

夯实党建基础，引领队伍建设，是邦溪镇党委的一项重要任务。为此，邦溪抓住乡镇机构改革的契机，对镇中层机构进行重新优化组合，将党性强、德才兼备、作风正派的优秀同志任命为中层干部，调动了干部的工作积极性，进一步提升队伍的凝聚力、向心力和战斗力。

镇党政办主任李昌海就很强调基层党员的作用：“基层党员干部是党和政府联系服务群众的桥梁和纽带，作为海南白沙邦溪的一名乡镇党员干部，我对服务群众始终充满热情和活力，越是平凡的岗位，越是不能懈怠，多给群众一张笑脸，多一份温馨。

身处乡村振兴发展的第一线，我对自己始终高标准严要求，踏踏实实从一点一滴做起，从小事做起，以实际行动打通服务群众的最后一公里。”

除此之外，邦溪镇党委坚持吸收新鲜血液，永葆党的青春活力，帮助入党积极分子坚定理想信念，以知促行，在思想上、行动上积极向党组织靠拢。

镇党政办科员钟玉婷是这样靠拢的：“我是一名土生土长的白沙姑娘，也是邦溪镇一名预备党员。在深化改革、推进海南自贸港建设和乡镇乡村振兴建设中，我将不断加强自身学习，努力提高工作能力和工作效率，发挥党员先锋模范作用。”

当下，全面推进乡村振兴的号角已经吹响，战鼓声声，催人奋进。邦溪人抢抓千载难逢的历史机遇，围绕乡村振兴凝心聚力、干事创业，已经呈现出了良好的发展态势，越来越多的村民享受到了美丽乡村带来的红利，幸福感和获得感显著提升。未来，邦溪镇的党员干部还将继续以高质量发展统揽全局，贯彻落实“三区一地一园”新发展战略，激发奋楫当先的开拓精神，不断开创新时代乡村建设的新篇章。

《聚焦先锋榜》栏目组提供

浙江杭州南苑街道党委党支部

南苑街道，位于浙江省杭州市临平区，在杭州主城与上海半小时经济圈范围之内，是临平区城市化发展的前沿阵地，作为经济发展重要载体的商务楼宇日益成为南苑街道发展的主要名片，楼宇党建便也成了基层党建的重要领域之一。

2019 年，南苑街道将楼宇经济“全域创新”建设试点工作作为当年的重点改革任务，街道根据建设“时尚产业、数字经济、电商产业、智造服务”的功能定位，以楼宇党建“四化”同行模式，推动企业“党建强、发展强”，使南苑街道楼宇经济规模和质量得到了全面提升。

南苑街道的理想国际大厦，在 2019 年成立了临平区首个商务楼宇党委，经过不断地探索与实践，形成以楼宇党委为“面”、各党支部为“线”、党员为“点”的“三位一体”组织体系，打造了楼宇党建“新高地”。

中共理想国际控股集团委员会党委书记严建华对打造新高地

有三点要求："第一个是紧抓组织上的落实，把那些分散的党员组织起来，成立一个综合的支部。第二个是勤抓思想上的动员，从思想上经常去动员，去布置工作。第三个是多层次的开展组织活动，不仅仅是楼宇组织活动，还有开展整个区域里面的党员的组织活动，也是带动了我们各个企业的经营活动，从先进市场来带动企业的经济发展。"

作为入驻理想国际大厦很多年的企业总监，蔡莉算是一名职场达人，但是却是一名新党员，谈起入党时的经历，理想集团党委给了她足够的支持与支撑，对此她有很深感触："整体让我感觉就很温暖。举个例子说，因为个人入党申请办理相关流程的关系，党组织这边给了我们很多的帮助，因为是跨区跨省，所以涉及的相关资料可能会比正常的流程多一点。这边的同事、老师都给了我非常多的指导，整个流程非常的顺利。总的感觉就是像在一个大家庭里一样很温馨。"

"强化党建引领，助推楼宇经济发展"，南苑街道发挥街道党工委主体作用，为商务楼宇注入"红色引擎"，目前在辖区楼宇内建立党组织 45 个，街道和楼宇党组织加强治理协同，排查清退金融风险企业，牢牢守住楼宇平安底线，打造了共同参与、互相融合、开放共享的楼宇党建新格局。

一场以"职场成长"为主题的党群活动正在以读书会的形式，在楼宇党群服务驿站进行。"固化协作平台，营造浓厚'双创'氛围"，是南苑街道开展四化的举措之一，为了打破楼宇间的"孤岛效应"，搭建了"软硬"协作平台。其中就包括委托第三方公司，组建了南苑街道党群服务驿站，配备楼宇管家，围绕信息收集、产业转型、项目引荐等内容，开启楼宇服务新模式。

楼宇管家成为企业的"跑小二"和"急郎中"，定期走访楼宇企业，了解企业所需，打造各类创业沙龙，邀请专业老师对企业人员进行授课答疑，搭建起企业、人才深度学习的专场与自我成长的舞台。

沈丽月，是临平区南苑街道办事处党工委委员、副主任，但她还有另一个身份，就是南苑街道“组团联楼”的干部，为了推动楼宇优质高效运行，南苑街道实施“优化组团联楼，打造三级联动体系”，在“党建”“发展”“落实”上下功夫，构建由“街道＋楼宇平台＋企业”组成的三级联建模式。沈丽月和街道同事，以及楼宇管家，不止一次敲开企业的大门，送去最新政策以及便捷服务。

对于组团联楼的工作，沈丽月牢熟于心：“组团联楼工作也是我们南苑街道的一项重要的工作，第一个是对于整个的楼宇层面，通过领导整个全过程的参与，对整个楼宇的党建工作开展全面的指导。第二个是从我们街道层面，我们的区域发展办和党建办，组建专门的一个队伍。第三个是从整个区级层面，我们也是组建了相关的党建联盟，实行街道吹哨、部门报道机制，通过多方的努力，我们主要目的是促进南苑街道楼宇经济高质量的运行，楼宇内入住的企业得到非常健康的可持续发展。以 2020 年为例，我们南苑街道的楼宇当中有 3 幢楼宇税收达到亿元，有 19 幢楼宇的税收在千万以上。”

街道与楼宇管家的“组团联楼”服务，迈进了企业门里，也走进了员工心里。辖区企业杭州码全信息科技有限公司总经理助理宗佳敏对此就很有感悟：“一方面，我们企业对于各个方面的政策，了解是不及时的，街道这边会向我们介绍相关企业的政策，后续他们会一对一的为我们进行辅导。另一方面，一些相关资质的申请，可能之前我们自己去对接的时候，找很多个部门才能把这个材料给提交上去，现在我们只要把我们的材料交给街道，街道这边就会把后续的流程全部给我们梳理好。”

通过“组团联楼”，着力提高了党组织覆盖和工作覆盖，强化基层治理关口前移、重心下移、资源下沉，推动楼宇优质高效

运行、创造更多财富，努力实现企业“党建强、发展强”和楼宇经济建设又快又好。

在街道、楼宇平台以及企业的共同协作下，南苑街道楼宇建设呈现出多样发展，如今，在南苑街道，除了时尚产业、电商产业等，更是涌现了动漫、数字科技等特色楼宇经济，为楼宇经济的名片种类增加了新的色彩。

除了派出人力来服务楼宇经济，优化楼宇党建，南苑街道更是创建物力，用数字力量实施楼宇监管，第一时间掌握街道内楼宇全部情况，做到“深化数字赋能，促进楼宇提质增效”。南苑街道的综合信息指挥中心，其中的数字驾驶舱“智安楼宇”模块成为第一时间掌握全区域楼宇情况的电子眼。

综合信息指挥室主任郁俊杰给大家介绍：“我们是开发了一个智慧化的平台，叫‘智安楼宇’，通过后端的软件加前端的硬件，比如像人闸车闸等一些设备相结合，从企业本身加物业，再到我们公安，再最后由政府来统筹，由四方共同来做好楼宇的管理，进行楼宇的自治和共治。最后我们就把楼宇的数据信息通过我们平台进行集成，到我们的终端，对一个楼宇的信息全方位掌握，以及对楼宇的风险企业进行一个监控。”

围绕“智治协同”的工作理念，南苑街道着力加强数字化改造力度，激活“沉睡的数据”，促进楼宇提质增效，有效实现了基层数字治理的智慧化、精准化，相比原有线下评议机制在人员

参与度上升 500%、化解效率提升 200%。

在多方努力下，南苑楼宇体量不断攀升，现有 50 幢商务楼宇和 6 个商业综合体，目前已入驻楼宇企业 2500 余家，入驻率达 85%。

南苑街道通过党建“四化同行”之后，整体的楼宇经济得到了快速的发展。截至 2020 年，楼宇税收达到了 8.7 亿元，占整个街道税收的 50% 左右。同时楼宇中的企业对政府的满意度也有很大的提升，实现了双提高。

在“四化同行”不断推进下，在许多“跑小二”“急郎中”的持续跟进下，南苑街道拔地而起的楼宇广厦经济腾飞，工作在其中的万千白领找到组织、找到“家”，这里成了一个和谐的小型社会。

杭州市余杭区石油化工集团会经常组织党员和员工上党课，作为党委副书记，刘瑜玥负责整个集团的党建工作，也深知楼宇党建的重要性：“我们企业里的员工有百分之七八十是党员，如果说我能够凝聚了这百分之七八十的党员了，另外的员工肯定也就凑到一块儿了。企业的凝聚力是无价之宝。整个 IFC（国际金融中心）的楼宇，我们是股东之一，所以说楼宇党建对我们其实也产生了一定的帮助作用。我们一起合办活动，形成了一个合力，那么可以把这个活动搞得更好。我们党员讲党性，企业讲凝聚力，这个就是促进企业去经营发展的一个合力。”

在南苑街道营造的楼宇大环境下，不仅大型企业的党组织有了用武之地，也吸引了很多小型企业，作为南苑街道创业典型，高琪选择将公司落在杭州、落在临平、落在南苑街道，其中良好的楼宇环境是必不可少的要素。高琪的公司因此受益匪浅：“自我们公司落地之后，我们受到了很多的关注，地方政府也时常来进行一些政策的宣导，比如说我们在知识产权的申报过程中遇到的一些问题，包括奖励、包括一些补贴、包括一些研发费用的补贴等政策，都是通过政府的政策宣导，我们得以了解，然后申请获批。我们在政府的工作措施下受益许多。同时在这个过程中，我们真真切切地感受到政府的重视，我们对后面的发展也充满了信心。”

“向蓝天要空间，向空中要效益”，高耸的商务楼宇，有南苑街道的保驾护航，在便捷顺畅的道路上，为自己、为街道创造着更多的效益与财富。“十四五”开篇年，新时代正扬帆起航，南苑街道也将通过党建引领将楼宇经济带向更远的未来。

接下来街道将继续强化党建引领，精准高效做好“党建、发展、服务、治理”这四篇文章，给商务楼宇注入红色引擎。同时为企业当好金牌的“店小二”，最终实现党建强、发展强这个目标。秉承“我负责阳光雨露，你负责茁壮成长”这样一种服务理念，把南苑街道楼宇经济打造成为高质量发展的创新高地。

不断创新组织构架，优化营商环境，创建“四化同行”，让楼宇管家成为企业的“跑小二”和“急郎中”，推进楼宇治理，让企业和员工在楼宇中找到组织、找到家，这是杭州市临平区南苑街道在楼宇党建中实践出的新道路，这是一片奋斗者的天地，也是一个竖着的社区，更是助力临平创新经济的新榜样！

江苏徐州黄楼街道党委党支部

2021 年 6 月的一天，徐州市鼓楼区黄楼街道永康社区永康小区的第一网格党支部会议在辖区“红色网格驿站”如期举行。会议的主要议题，就是要为小区停车难以及占用消防通道问题拿出一个解决方案。

黄楼街道下辖 7 个社区，共 52 个小区，单是无物业小区就达 36 个，其中还有 18 个散片区。这些老旧小区像永康小区一样，在管理等方面都存在着一定困难。

老旧小区基础设施的老化，设备的缺失，管理和服务的缺位，已经成为小区治理的难题和短板。尤其在疫情防控期间，小区需要封闭管理，这成了一个很大的难题。

针对这种情况，黄楼街道党工委把基层党建与社区物业管理、社会网格化治理有机对接起来，让党员、网格书记、党员中心户变成党在小区联系、服务群众的物业服务人员，与居民多样化、精细化、个性化的需求对接，以“红色力量”满足“民之所需”。

黄楼街道党工委书记蒋蓓对工作的要求是："我们现在建立了街道大工委、社区大党委、物业公司党组织、网格党支部、楼栋党小组、党员中心户和党员联户的立体式的一张网。这张网与我们的社会治理的网格化体系机制进行深度结合，通过网格党支部发挥它的战斗堡垒的作用，调动我们的党员骨干，我们的群众积极参与小区建设。"

黄楼街道党工委将整个辖区划分成为38个综合网格，还有10个专属网格，在每个网格里面都建立了网格党支部，充分发挥网格中老党员、党员志愿者、青年志愿者的作用，与网格员一同充分发挥“大数据 + 网格化 + 铁脚板”的基层社会治理模式。

在永康小区，崭新的道闸、智能化的门禁系统，都给群众带来了前所未有的安全体验。而这只是黄楼街道打造“红色物业”带来的变化之一。为提升老旧小区治理水平，黄楼街道党工委在徐州率先构建了“红色物业”服务体系，让党员成为小区治理的主心骨，大力解决群众反映的热点难点问题。他们也探索出了一条就是党建引领、社区主导，分类实施，社会协同，居民参与的一个多元共治的小区治理的一个路径。

如今，黄楼街道 7 个社区，都已将“红色物业”模式引入了小区治理。在有物业的小区中成立党支部，有效实现党组织对物业的管理；而对于一些无物业的老旧、散片小区，成立社区党委主导、小区居民自治的“红色物业管理服务站”。目前，具有黄楼特色的“网格 + 警格 + 红色物业”基层社会治理模式已初步形成。

街道党工委书记蒋蓓的总结是：“一是提升了社会治理的成效。二是提高了我们服务群众的能力。我们激活了基层自治的活力，更多地联系了群众。通过这个红心，我觉得是点燃了一种民心，民有所呼，我们有所应，让物业管理更具质量，更具温度，更具色彩，让我们辖区的居民更有获得感和幸福感。”

将党建引领作为根本保障，以红色引擎驱动基层自治，实现红色物业全覆盖。党支部在日常服务居民，为居民解困的过程当中，发挥了积极的作用，真正的发挥出了网格支部的战斗堡垒作用。

不久前，永康小区停车难以及占用消防通道的问题得到了圆满解决。黄楼街道以“红色物业”打通党组织联系服务群众“最后一公里”，不断激发社区多元共治合力，有效地提升了居民生活品质。社区居民朱大贞对此很满意：“咱们这个小区有了红色物业，和以前大不相同了，环境各方面都很好，停车也停得很好，垃圾也不随便乱放，住这地方真舒服。”社区居民孙秋云也表示：“我们很满意，能给我们解决很多困难。这个小区现在变化很大，哪儿都干净漂亮了。”

作为徐州极具活力和人气的区域，徐州市鼓楼区中心商圈坐落于黄楼街道辖区内，拥有企业有 3000 多家，个体工商户 2000 多户，从业人员 4 万余名，年交易额达 100 多亿元。

街道党委党支部也一直在思考和探索，在经济最发达最活跃的地区，如何让党建发挥它的优势，如何在资源最丰富的地方，统筹运用好党建资源服务于企业，服务于居民，且如何在这个人员最聚集的地方，怎么扬起信仰的旗帜。

2018 年，黄楼街道党工委以“资源联享、组织共建、协同合作、共融共促”的工作理念，以发挥党组织的战斗堡垒作用和党员的先锋模范作用为关键，联合苏宁广场、金鹰国际等 28 家单位，成立了徐州市首家党建联盟——鼓楼区中心商圈党建联盟党委。

中心商圈党建联盟党委以实现资源对接和服务连接为目标，积极推进区域化党建工作，打破街道、社区、学校和企业等各类党组织之间的“屏障”，构建起一个“你中有我、我中有你”，融合、开放的基层党建新格局，构建了一个“15 分钟议事圈”，小问题联盟单位直线对接，大问题报告联盟。然后通过联盟会议、街道来解决企业在运营和经营中存在的一些问题。把党的政治优势、组织优势和群众优势，转化成了商圈的治理优势，把大党建的合力转化成了一个服务的合力。

黄楼街道，是一个不涉农的城区街道，先天有资源禀赋不足的缺陷，通过党建联盟能够解决资源不足的制约，解决“小马拉大车”的一些情况，通过统筹辖区内的所有资源，更好地为街道、给社区强权赋能，实现了治理资源在基层的有效集聚。

街道有一个党建联盟群，小问题可以在群里面得到及时的回复和解答。稍微大一点的困难，可以得到更精准的服务。联盟党委一经成立，便体现出空前的凝聚力、向心力和影响力、辐射力。

黄楼街道党工委紧扣城市改革发展要求，使党建工作与城市发展同向而行、同频共振。中心商圈党建联盟顺势而建、应运而生，有力提升了中心商圈“两新”党建工作水平，助推了中心商圈环境重塑、功能提升和产业转型，促进了经济高质量发展，使“红”“商”两大特色更加彰显。

革命先烈吴亚鲁是徐州早期党的创始人。当年吴亚鲁创立徐州第一个党支部的地方，就位于今天鼓楼区黄楼街道辖区。

为将吴亚鲁革命活动旧址建成辐射徐州市乃至淮海经济区的红色教育基地，黄楼街道党工委以吴亚鲁生平为主线，通过实物、实景、实例、实事，多维度、全方位展示了吴亚鲁革命生涯的节点。每种红色资源都是一个常学常新的生动课堂，蕴含着丰富的政治智慧。黄楼街道通过发掘徐州第一个地方党支部创建者吴亚鲁烈士的革命事迹，精心打造了家门口的开放式红色教育基地。

2021 年 6 月 10 日，江苏省徐州市鼓楼区黄楼街道在彭校社区启动了“红色情景课堂”进社区、进企业、进学校“三进”活动。党史学习教育以来，黄楼街道充分发掘家门口红色资源，组织机关工作人员，自编、自导、自演了《黎明》和《丰碑》两部红色情景剧，广泛宣传党史知识、讲好党史故事。

街道党工委书记蒋蓓说：“就是让我们每个人都要缅怀烈士，铭记历史，感悟初心，汲取力量，更好地传承好革命精神，引导党员干部立足本职岗位，践行对党忠诚的奉献精神、敢为人先的开拓精神，勇挑重担的担当精神，事不避难的攻坚精神，务实清廉的公仆精神，汇聚全面建设社会主义现代化强国的磅礴力量。”

黄楼街道深化城市基层党建探索实践，纵向贯通、横向融合，努力提高区域化社会治理现代化水平，实现了城市基层党建的黄

红色情景剧
黎明

楼之“变”。

徐州市委党校教授李作峰也觉得黄楼经验可以学习推广:“徐州市鼓楼区黄楼街道最近几年推出了一系列创新的举措，在基层治理体系治理能力现代化方面积累了一些经验，主要是正确地处理好了基层党建与物业管理、与地方上的企业之间的深度融合的关系。同时他们又深入挖掘本地的红色资源，传承红色基因，教育广大党员干部群众心往一处想、劲往一处使，让我们鲜红的党旗在地方在基层高高飘扬起来。”

从党建引领“红色物业”到成立商圈党建联盟，再到赓续红

色基因，在黄楼街道，一系列“党建 +”被创新运用到各项实际工作中，让城市基层党建变成一个个服务群众、服务党员的具体项目，铺就了一条基层党建和工作创新双向发力、同向发展的长效之路，擦亮了城市基层党建工作的“黄楼品牌”。

湖南长沙县开慧村党支部

开慧村位于湖南长沙县北部，是革命烈士杨开慧的故乡，也是毛泽东早期从事革命活动的地方。

杨开慧烈士 1901 年出生，1920 年冬与毛泽东结为革命伴侣，1921 年冬加入中国共产党。

开慧村原本叫作板仓，后来为了纪念杨开慧同志，改名开慧。1930 年 10 月 24 日，杨开慧在板仓家中被捕，同年 11 月 14 日在浏阳门外识字岭刑场英勇就义，牺牲时年仅 29 岁。

开慧村党支部拥有光荣的传统，是中国最早的农村党支部之一，杨开慧烈士担任第四任书记的党支部传承发展至今已经有 90 年的历史。现在的村党总支下设支部 6 个，党员 245 名。

开慧村支部书记杨屹伟，2011 年 7 月正式的入党。2017 年 4 月开始担任开慧村的支部书记。对于杨屹伟这样的本地党员来说，他们是烈士家乡本村的党员，自己会有一种使命感。他在外地工作后想回来，是觉得家乡应该变的更好一点，于是有这种了

冲动。类似这样的党员同志还有不少，像村里的党员陈乾同志，他以前是建筑公司搞施工的；党员陈宗同志，他以前是做教育的。

开慧村党支部的大多数党员是本地人，而第一书记朱有志则是一个外来户。朱有志在 1972 年 8 月 9 日加入中国共产党，2009 年到了开慧村，兼党支部第一书记。以前朱有志长期在湖南省社科院任院长，曾负责多个“三农”有关的国家重点课题研究。退休后，他主动给时任长沙县委书记写信，要求到开慧村任职。朱有志还有更好的地方可以去，当时有两个大学请他做校长，一年 100 万，朱有志没去；一家企业一年 200 万请他做企业管理，他也没去。他更想通过实践来更好地解决“三农”问题，坚定不移在农村。而在革命烈士家乡当党支部书记则是一个很好的实践。

朱有志认为农村党支部的重要任务，是要把党的路线方针政策在农村得以贯彻实施。在当前就是要根据党中央的要求，实施乡村振兴战略。口号是“乡村振兴”，实际是要解决农村问题。在2009年朱有志来做村书记之前，开慧村是湖南省定贫困村，村民人均年收入不足6500元，集体经济收入为零。经济状况不好自然也会带来一系列具体问题：村里道路基础设施差，贫困户数量多，留守儿童教育空白；而开慧村虽然拥有较好的红色旅游基因，由于交通问题也没得到有效开发。

解决问题需要方法，方法则需要理论的指导。理论从哪里来？理论从实践中来，理论也是实践活动的归纳总结。一个村的实践总结不会太多，但一个县就多了不少，一个市则扩大更多，而全省、整个国家就会有取之不尽的先进经验。

朱有志在带领支部党员学习《习近平谈治国理政》时讲到：“这篇文章实际上就是强调斗争精神，强调增强斗争本领。哪些需要坚持斗争，坚持五个凡是。”

党建学习，就是党员学习和吸收这些先进经验的重要活动，也是党支部培养教育党员干部的基本办法。

“你进入了服务状态了吗，你自己充满自信吗，解决问题解决难题了吗？”，朱有志问到。

解决问题，核心就是解决经济问题。2016年，由原开慧村

和原开明村合并成新开慧村，有建档贫困户 63 户、176 人，由于村民居住分散，交通闭塞。

开慧村青山组的村民缪亚林，他家在一个最偏的地方，从村中心到他家是最后一户人家了。到镇上，那就得从一条很窄的土路走过去。

交通不便更阻碍了开慧村的产业发展，村里种、养的农副产品运不出去，外面的投资也进不来。距杨开慧烈士纪念馆西南 16 公里，就是中共第七届中央政治局委员、中央书记处书记任弼时同志的故居。然而，由于没有连通的路，红色旅游路线没能有效贯通，一直没有起色。

朱有志想能不能在这两个村之间修一条宽一点的路。第一，连通这两个村。第二，也通到任弼时的家乡。第三，修好了之后两边可以发展产业。为了修路省里给了一笔资金，市里也给了资金，县里给了资金。

朱有志还依靠历年村党支部书记、老干部，和他们一起研究路从哪里走，怎么修？然而修路的过程是很难的。

修路需要向村民征地，就涉及补偿和置换问题。每个村民的想法不一样，提出的补偿要求不一样，需要一家一户挨个做工作。

用朱有志的话讲："修路涉及 11 个村民小组，有大量的思想工作要做。我们开慧村党总支部到深入群众，只要连续跑三次，群众的思想都能通。最后讲话有力量的还是党组织，那就叫作'逢山开路，遇水架桥'。"

开慧村党总支部为了发展集体经济和红色旅游，征地之外由朱有志牵头还引进了湖南华兴通用航空公司直升机项目。项目需要修建机场，同样面临征地问题。当面对各种利益取舍的时候，村里的党员们站了出来。

华兴机场重大项目的落地，三个月完成拆迁。开慧村的党员在中起到的宣传作用和正面的引导作用，是显而易见的。周辉祥老书记的家就被拆迁了，老书记主动报告。在选址方面，有部分村民提出要住到集镇上来，老党员讲就近安置。

有的村民经过劝导和指引，也看到党员们的带头示范，就能理解集体的发展也是个人的发展并主动配合。但还有一小部分群众存在一些偏激的想法，这时候村干部的工作方法也得有所改变。

杨屹伟认为，有时候群众一些不正确的想法，要实时进行纠正。新时期党支部很重要的任务，是教育和团结群众。在拆迁问题上，开慧村党总支部也鼓励群众通过司法调解的形式来解决一些矛盾。杨屹伟认为打官司的过程也是一个教育的过程、学习的过程、宣传的过程。

同样需要引导群众的还有扶贫工作，2020 年作为脱贫攻坚的最后一年，村党支部的党员们的工作也异常艰辛。

王禧同志负责精准扶贫工作，经常加班到夜里一两点，她的公公婆婆就带着小孩在村部守着，小孩哭，要妈妈。

然而，王禧并没有因此抱怨，回忆起那段岁月，她默默地流下了泪水："因为党总支部是一个集体，大家都陪着我一起加班。我更多的是感动，真的。"

脱贫只是起点，要让村民不返贫，要让村民富裕起来，发展集体经济才是更大的出路。

原来开慧村是集体经济空壳村，没有一分钱。发展集体经济方面，在朱有志的带领下，开慧村党总支部这些年来做了很多探索。

之前引进直升机项目就是村党总支一次大胆的探索，计划打通临近的红色旅游线路也是勇敢的尝试。除了这些长远规划，村党总支部组织先后成立了水稻、水果蔬菜、牲畜养殖、机械等五个专业生产合作社。

除了发展经济，解决人民群众的生活需求也是党支部的工作范畴。开慧村现有7000多人，有很多留守儿童，党总支部研究决定让本村的孩子能够在农村里面享受城市幼儿园的待遇。

在朱有志的引领下，从事专业幼儿教育的李丽和开慧村党总支部，利用国家农村综合改革基金，按照城市幼儿园的标准，在废弃的老村部基础上，改造创办了开慧村的第一所幼儿园——慧民幼儿园。

用园长李丽的话讲，从事幼儿教育并非图利，如果是图利，她到任何一个单位去上班可能赚得会更多。李丽回忆起刚开园的时候："那段时间我是很难的，36个孩子，只有7名教职员工，幼儿园的运营是几乎无法坚持的。"但是李丽并没有退缩，她说："我是一名共产党员，我时刻牢记，要让我的家乡开慧村的每一个孩子享受到优质的学前教育。"

这么多具体工作，就需要保持队伍的战斗力和旺盛的生命力。吸纳年轻人才，并发挥老党员的传帮带作用，促进年轻干部成长，才是这个基层党组织源源不断的内生力量。

王禧回忆2017年刚到开慧村党总支部的时候，她对村上的工作不熟悉，支部副书记黄辉就带着她一起干。黄辉认为自己作为一个老同志，一定要以身作则，要把班子带好。

收获不会辜负勤劳的人。开慧村的成绩单也一张张展现给了党和人民。2015 年，这条长达 3.8 公里、宽 12 米的开慧大道正式开通，不仅方便了村民的日常出行，也打通了开慧村的红色旅游、产业振兴之路。

这条路修完之后，对于缪亚林来说收益很大。今年缪亚林还在开慧大道旁建起了花卉大棚。现在有了这条路，从缪亚林家一分钟就到镇上了。

脱贫攻坚工作也圆满收工，每个村组都通了路灯，水泥路修到了每家每户，所有的贫困户摘下了贫困的帽子，还完成了 39 户危房改造。到 2020 年年底，开慧村的贫困户全部都稳定脱贫了。这是负责精准扶贫工作的王禧最欣慰的，也是最开心的。

经过两年的悉心经营，2020 年开慧村惠民幼儿园已步入正轨，不仅解决了留守儿童的教育问题，也为集体经济做出了贡献。

惠民幼儿园现代化教学设备和现代化的教学工作模式，对村民吸引力很大，从刚开园只有 36 个孩子，到 2020 年的 120 多个学生。

幼儿园园长李丽时常感慨："扎根农村学前教育的这几年，看到每一个孩子在幼儿园开开心心的，家长的一句'老师您辛苦了'，让我觉得这一切都是值得的。"

2020 年 5 月，开慧通用直升机机场正式启用。如今来开慧村，游客又多了一个红色旅游的新项目——鸟瞰烈士家乡的空中红色之

旅。

朱有志兴奋地说："现在机场好了，来的人就多了，我们党总支部还利用国家综合改革资金投资了开慧通用机直升机机场，占股 1%。"朱有志认为开慧通用直升机项目将成为开慧村集体经济发展新的动力源。

用杨屹伟的话讲："在我们的手上，这个地方在一天天地变好。那种感觉非常能让人满足，这是钱无法买到的东西。"

朱有志在开慧村一干就是 11 个年头，他说："这不是境界高，而是感情深。党把我培养到这个程度，退休了，我们还能为党做

点什么。”

曾经交通闭塞，如今户户通路。

集体经济从无到有，2020 年有望突破 100 万元。

2009 年人均收入 6500 元，2020 年人均收入 20000 元。

返乡青壮年 2216 人。

开慧村一代又一代的党支部成员继续战斗在这以先烈命名的地方。

西藏江孜县索盖村党支部

2021 年 7 月的一天，西藏自治区日喀则市江孜县的年堆乡热闹非凡，庆祝中国共产党建党 100 周年和西藏和平解放 70 周年的纪念活动正在如火如荼地进行。为此，年堆乡索盖村第一书记陈德尧，一大早就来到了会场，和村子里的各族群众一起，表达着对党的热爱、对祖国的祝福以及永远跟党走的信心和决心。

陈德尧曾在西藏当兵五年，脱下军装的那一刻，心里还是有很多不舍。于是就主动跟组织汇报，表达了自己想留在高原干一番事业的想法。

2018 年，在县委组织部的安排下，离开部队的陈德尧成为了江孜县年堆乡索盖村的第一书记，这个四川汉子如愿留在了高原，也把根深深地扎在了这里。

索盖村地处 349 国道旁，距江孜县城 5.5 公里，是拉萨经羊卓雍措湖、卡若拉冰川等著名旅游景区到达日喀则市这条西藏经典旅游路线的“必经之路”。然而，交通的便利并没有给这里带来经济的腾飞。前些年的索盖村村民主要依靠务农、外出务工维持收入，村集体经济发展水平低，村里的生活环境也比较恶劣。

陈德尧 2018 年来的时候，当时村里面只有七八盏路灯，水泥路也只有河边这一段。村委会通往村里及其他自然村的都是沙石路，雨季的时候，下雨过后坑坑洼洼，出行很不方便。索盖村总体上，比这个支部书记的老家落后一二十年的样子。

落后的生活方式，脏乱的村容村貌，在陈德尧看来，与自己的老家有着不小的落差，但这也激起了他曾经作为一个军人的斗志，下决心要一点一点改变这里落后的面貌。

2018 年，是陈德尧来到索盖村的第一年，也是索盖村党支部打好打赢脱贫攻坚战的关键一年。

当时的索盖村有贫困户 14 户 56 人，有的是因病致贫，有的是缺乏劳动力，有的想去务工却缺乏技术，有的小农思想严重，不求发展，等等，各种情况都有。

于是，党支部和驻村工作队为每家每户制定了相应的帮扶措施，通过发展产业，村里建了青稞水磨坊、成立了养蜂合作社；通过流转土地，把村里的劳动力从土地上解放出来；通过劳务输出，更多劳动力实现了就业，增加了收入，村民的腰包鼓了，2020 年全村人均收入 19350 元，集体经济收入也达 26.2 万元。

脱贫攻坚的初步胜利并没有让索盖村党支部停下前进的脚步，为村民谋求更大利益、让村民生活更有保障成为了他们接下来最大的工作目标。索盖村总共有104户人家468个村民，种植业以青稞、油菜、小麦、土豆为主，畜牧业以散养牛羊为主，基础设施相对落后。

陈德尧刚来的时候，索盖村的基础设施相对薄弱，想干事但村里缺钱，有种“巧妇难为无米之炊”的感觉。

做事情离不开资金，哪里去找这么多钱呢？这成了拥有26名党员的索盖村党支部那段时间里最为头疼的事，而作为索盖村第一书记，他更是为了这个事愁得整晚整晚睡不着觉。

机会总是眷顾那些有准备的人，很快，一个千载难逢的发展机遇降临在了索盖村。

2018年年底的时候，第九批上海援藏江孜小组过来了，他们到索盖村调研，村党支部就主动给他们汇报情况：索盖村临着县城，旁边还有一条水渠，有有利条件，看他们能不能给村里投一点钱，把村里的基础设施搞上去。

上海援藏江孜小组看到索盖村有着如此优越的地理位置以及种植优势，不禁为之一振——何不打造一个乡村振兴示范村来带动农牧民奔小康？

于是，他们很快就请来了上海城乡设计院专门为索盖村做设计规划，并争取来了改造资金，对村子里的道路照明、环境绿化、给排水、厕所改造以及昔日“烂泥路”等基础设施进行跨级升格，把硬化路面直通到了每家每户。

现在索盖村整个面貌焕然一新，路好了，水通了，有休闲公园、活动广场、健身器材。村容村貌的巨大改变，让索盖村的村民对陈德尧这个来自四川的第一书记刮目相看。党支部把全村群众拧成一股绳，心往一处想，劲往一处使，村民们的精气神也和以前不一样了，大家对美好生活的向往比以往任何时候更迫切了。但陈德尧知道，相比异地输血，索盖村更需要的是原地造血。党支部如何为全村找到一条可以不离乡不离土创业并致富的发展之路呢?

于是，党支部决定结合西藏实际，在青稞上做文章。利用全村现有的 1483 亩耕地，通过土地整合、流转承包等方式开展农业规模化种植，全村土地流转率达到 90% 以上。其中市农投公司流转承包耕地 1077 亩，解决就业 300 余人次，增加农牧民收入 38 万元。在上海援藏的大力支持下，有效对接农业公司和自治区农科院，探索推行“公司 + 科研院所 + 党支部 + 农户”的发展新模式，成立有机青稞示范种植基地，大力种植青稞 320 和青稞 2000，推广种植实验品种青稞 18，共计 309 亩。有了有机青稞示范种植基地的好项目和各种惠农政策，但不代表事情就可以顺利推进，许多百姓对自己没种过的品种不敢尝试，征收实验土地的时候有点犹豫和抵触。

这个时候村党支部先召集党员开会，把有机青稞示范种植基地相关政策给党员讲清楚，统一思想，发挥党员先锋模范作用，

示意图
索盖村有机青稞示范种植基地

让党员带头影响身边的人，带动大家一起干。

紧接着，索盖村党支部召开村民大会，公司和村民签订统一合同，让村民的利益有了保障。如果种后歉收，将由公司承担风险，按最低亩产 550 斤的标准补偿给村民，慢慢地大家也就同意了这个事儿。

为了实现青稞增产，索盖村成立了田埂党支部，主要由农科院的专家、创业的大学生、党员代表，以及种植户代表组成，通过党员带头，事情一起做，问题一起解决，实现增产增收。

现在村里每家每户的电路也改造了，路面也硬化了，新修了水厕。家庭收入相比往年增加了不少。村民们都感谢党，感谢村干部和党支部，感谢上海援藏。

如今，在索盖村，到处都能听到感党恩、听党话、跟党走的肺腑之言。

政府通过帮助发展产业、流转土地、组织村民外出务工等，全村的集体经济发展起来了，各家各户的收入提高了，家家户户有洗衣机、彩电、冰箱，全村都脱贫过上了小康生活。

用村民自己的话说："我们村发生如此大的发展变化，我们现在生活那么好，都是在共产党的领导下取得的，是党的好政策帮助我们脱了贫，是党派来陈书记这样的好干部帮助我们走上了致富路，是援藏扶持帮助我们改善了基础条件，共产党好！社会主义好！我们以后一定坚定不移地感党恩、听党话、跟党走，在党的领导下，把日子过得越来越好。在今后的工作中，我们相信索盖村党支部会更加坚强有力，更好地发挥战斗堡垒作用，团结带领全村干部群众自力更生，建设自己美好的家园。”

脱贫摘帽不是终点，而是新生活、新奋斗的起点。索盖村党支部明白这个道理。接下来还要把脱贫攻坚同乡村振兴有效衔接起来，把以前的发展优势巩固提升好，让群众的致富之路越走越宽，让村容村貌焕然一新，努力达到产业兴旺、生态宜居、乡风文明、治理有效、生活富裕的目标。

值此中国共产党成立 100 周年之际，索盖村党支部成员都很荣幸自己也是 9000 多万党员中的一名，通过党史教育，对党的历史有了一个更加深刻的认识。

索盖村党支部的党员和村民们都真正地感受到了中国共产党从无到有、从弱到强，感受到了中华民族从站起来到富起来到强起来的一个过程。没有党的栽培，也就没有索盖村和每个党员、村民的今天。

湖北保康县中坪村党委党支部

整齐的农田、潺潺的流水、坐落在秀美的青山脚下的美丽村庄，是湖北省保康县中坪村。在以山地为主的鄂西北山区，阡陌交通、屋舍俨然的中坪村，犹如现代版的桃花源。

中坪村现有 1011 户，4200 人，耕地面积 3670 亩，是全县人口最多、耕地集中面积最大的村庄。2020 年，全村工农业总产值 6 亿元，其中集体经济收入 1.6 亿元，人均纯收入达到 32500 元。中坪村连续三届被中央文明委表彰为“全国文明村”，2018 年 7 月被表彰为“全国民主法治示范村”。从 20 世纪 70 年代开荒造田到现在如诗如画的美丽村庄，成绩和荣誉的背后，是中坪村党委、党支部默默的付出和艰辛的努力。

中坪村东西长 7 公里，发源于神农架的粉青河从中坪村前流淌而过，村前整齐的农田，不仅是全村口粮的保证，也是一道亮丽的田园风景线，而谁能想到，三十年前这里还是一片乱石滩。

黄立杰是 2014 年从村党委退下来的老书记。每天傍晚，他都要到村前的农田区走一走，看一看。20 世纪 70 年代，为了改变村里贫困落后的现状，老书记和村委班子发出了“开荒造田”的号召。愿望是美好的，但现实中却困难重重。当时饭都吃不饱，粮食紧张。很多时间是吃的菜团子，饿着肚子干活。

尽管在当时饭都吃不饱，但改变贫困的迫切愿望让大家劳动的积极性空前高涨。青年突击队，铁姑娘班，党员、村干部的身影像一面面旗帜，带领着全体村民向荒滩发起一次又一次的挑战。在以黄立杰为代表的村党支部的带动下，全村每年上千劳动力，凭着愚公移山的精神，经过十多年艰辛的付出，村前近两千亩荒滩被改造成如今肥沃的良田，成为了全村，乃至全县面积最大的水田。老书记办事认真负责，公平、公正，遇到困难更是身体力行，以身作则，于是大家给了他一个“铁匠书记”的称号。

跟黄立杰搭班子的村主任说：“说他要搞，谁也说不了他，他就是铁匠”。保康县中坪村原党支部书记赵同贤也这样评价他的老同事：“对我们中坪村来说，山田变化，人们生活水平的提高，离不了他，其他方面不管亲戚朋友都是一碗水端平，过硬就过硬在这里。”

开荒造田解决了村民的吃饭问题，如何进一步致富奔小康，村党委一班人因地制宜，在 20 世纪 90 年代，先后开办了以集体经济为主体的中坪磷化公司、中坪水电站、中坪葛业公司等村办企业。既充分利用了本地丰富的资源，也解决了一部分村民的工作就业问题，这些企业也给村集体经济注入了生机和活力，到目前村集体企业年收入达 1.6 亿元。集体经济发展了，钱怎么花是一个大问题。村党委经过多次开会、讨论，决定投入到村容村貌、基础设施建设、教育等公益事业上。为了让广大村民有更长久的收入保障，从 2008 年开始，村集体每年投入数百万元，为村民购买养老保险。

在黄立杰看来，年轻人可以打工挣钱，老年人老了需要钱生活，这是个长远的福利。

目前村集体每年投入 600 多万元为年满 40 周岁的女性村民和年满 45 周岁的男性村民购买养老保险。如今，已有 720 名村民到龄退休，每人每月可领取一千多元的退休金安享晚年。村集体每年还投入 60 万元为遵守村规民约的农户代缴医疗保险，按照每人每年 1500 元的标准为没能享受养老保险的老年人发放健康补贴金。

这样的福利让村民得到了实际好处，村民丁长福的原话是："今天我领这个退休证，挺高兴，我是中坪村村民，领这个退休金（是）多么幸福的事情啊。"

现任中坪村党委书记的黄森林表示："随着国家政策的调整，到 2020 年，我们村集体给村民缴纳养老金的资金共计 500 多万，在以后的日子里，我们会继续给村民缴纳养老金，保证群众的利益。"

中坪村
第十三批 养老保险
发放仪式
2021年6月25日

临近中午，中坪村五保户孙国柱还在自家菜地劳动，今天也是村党委书记黄森林探望村里五保户的日子，为了解村民的真实生活状况，他们并没有提前通知村民。

2015 年村里建设第一批幸福坊里集中安置小区，共有 15 户入住，经过六年的发展，现在中坪村已经建成幸福坊里二期，全村孤寡老人的房屋改建工程全部完成，全体村民 100% 住上了明亮干净的新民居，彻底解决了困扰群众的住房问题。五保户孙国柱是 2016 年入住，来了之后，水电方便，房屋不漏雨，还有菜园子，村领导对他家一直都很关心。住的问题解决了，村民的身体健康问题，村党委班子也十分关注。2015 年，在中坪村党委的大力关心和支持下，中坪医院在中坪村正式成立。

中坪医院是中坪村集体投资近 1000 万元新建的一所医院，是集医疗、科研、教学、预防保健、康养为一体的综合性医院。医院设置床位 70 张，开设有内科、外科、理疗科、中医科等 10 余个临床科室。还配备了四维彩超、移动平板数字 X 光诊断仪、全自动生化分析仪、体外冲击波碎石、心脑电图等先进的大型医疗设备。2020 年门诊、住院人次达到 1.5 万人次。

王均友是中坪村邻村白竹头村人，因为腿部疾病和高血压等多种症状住进中坪医院。这里的医院医生态度好，医术高，生活条件不错。

湖北省保康中坪医院是在中坪村党委的支持下建立起来的，

所有一切以群众的需求为中心。中坪医院成立以来始终秉承“诚信、求实、创新、奉献”的宗旨，坚持以人为本的服务理念，不断提高医疗质量、保障医疗安全。以良好的医德和精湛的医术向“服务一流、环境一流、管理一流”的现代化医院目标不断前进。医院在村党委的正确领导下，下一步将进一步提高医护人员的医疗水平，引进更多医疗设备，为周边群众提高供更好的医疗服务。

2018年中坪村荣获了“全国民主法治示范村”的荣誉称号，那么在法治建设的过程中，中坪村有哪些独特的管理方法呢？答案就在我们眼前：1994年，中坪村党支部创造性提出了村民自治管理新思路——《村规民约》。村规民约的内容由全体村民讨论通过，经过多年的修改和完善，已经成为中坪村全体成员的行

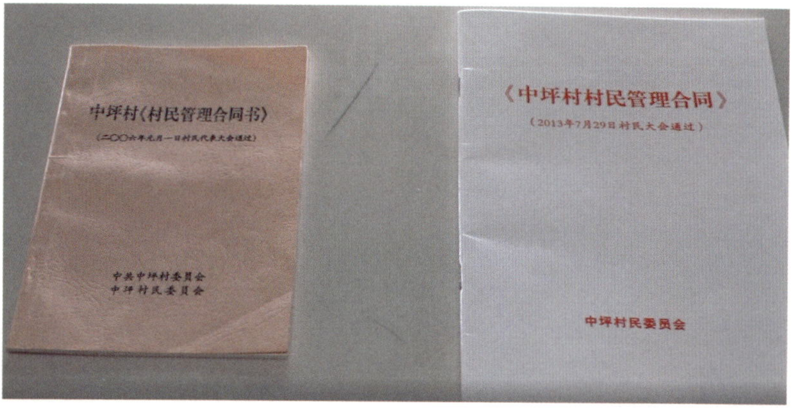

动准则。

中坪村的村规民约最近一次修订是 2018 年，根据国家法律发展的形势，修改了文明新风和计划生育的内容，全组 106 户全票通过，全村的通过率也接近 100%。

村规民约从 1994 年开始，到现在已经有 27 个年头，内容由原来四五个章节，不足一千字。发展到现在的十三个章节，接近两万字。村规民约涉及村庄规划、社会治安、山林管理、村民生活、生产的方方面面，在中坪村法治宣传教育、村民自治等方面发挥着重大而深远的影响。

目前，中坪村党委成员共 7 人，下设三个党支部，全村党员 85 人。在村党委班子和村民的共同努力下，现如今全体村民都住上了整洁的小洋楼，100% 的农户通上了自来水、硬化路，民生设施全面提升，美丽乡村建设卓有成效。村规民约的多年实行，让村民之间也形成了融洽和谐的邻里关系，整个村庄呈现出文明礼貌、开拓创新的时代新风尚。“魅力粉青，五彩中坪”，中坪村正在全力建设现代农业科技示范园和山水园林新型社区，努力打造新一代乡村振兴示范区。

湖北保康县尧治河村党委党支部

茫茫大山，连绵不断，平均海拔 1700 米。曲折蜿蜒的公路在山间穿梭前行，这里是位于湖北西北部的尧治河村。三十多年前，这里曾经是湖北最偏僻的高寒贫困村。

依村民杨龙梅的话来说：“过去非常穷，甚至连买盐的钱都没有，路也不好，到镇上需要走半天时间，回到家就半夜了。”

“山大梁子多，出门就爬山；四月雪八月霜，六月早晚天气凉”，这是当地生存环境的真实写照。20 世纪 70 年代初期，大山里发现了丰富的磷矿资源，开矿致富成为了当时群众的向往，但是山里没有公路，矿石外运困难重重。作为村里唯一一个有文化的人孙开林，曾断断续续地上过一年初中，成为一名民办老师，1988 年，正面临“民转公”，却被村民们请回去，当上了第一个磷矿企业负责人。为了更快的发展经济，孙开林和党委班子、支部干部研究决定：开山修路。

“要想富，先修路。”这句话非常符合当时尧治河村发展的实际需求，尧治河正是因为没有路，交通闭塞，老百姓越来越穷。想要发展，就要先解决交通的问题。

修路的目标确定了，但是启动资金哪里去筹集？朴实的村民们对开山修路的工程技术更是完全陌生。为了带动广大群众修路的积极性，孙开林拿出自家准备建新房的4000元买来炸药，缺乏工程机械和技术，就想方设法用土办法来解决。

当时村里有一个退伍军人，他是工程兵，对修路有一点知识。开始测量，没有相关仪器。完全是凭感觉，大家只能用走路的方式，测算公路的坡度、高低，用竹竿测算公路的尺寸。

“要苦先要苦干部、要死先要死党员”，面对村庄艰苦的自然环境和贫困的经济基础，孙开林用最朴实的语言点燃了全体村民迎难而上的勇气和信念。只用半年时间，尧治河就打通了通往矿点的6公里山间公路，磷矿开采致富的梦想照进了现实。尧治河村的经济发展开始进入快车道。经过三十年多的发展，现如今，磷矿产业依然是尧治河村重要的经济收入之一，生产技术不断进步，企业效益逐年提高，但是尧治河人做事认真负责的态度却丝毫没有改变。

杨兴友，2008年入党，现任尧治河磷矿公司经理。从1997年进入尧治河磷矿企业以来，从最初从事安保工作，到目前舜磷公司负责人，始终以一个共产党员的标准严格要求自己。从事企业管理工作以来，他更是以“零事故、零伤亡”安全生产为目标，

把责任明确到人，把工作安排到井，把隐患消除到零。制定了《领导下井带班管理制度》《事故隐患排查治理制度》等一系列责任明确、措施有效的方法和制度，让尧治河磷矿的安全生产又迈上了一个新台阶。

开山修路，让尧治河联通了外面的世界，办厂开矿让这里的经济有了飞速的发展，但矿山资源是有限的，矿挖完了怎么办？我们眼前的这座山间水坝，就是当时党支部给出的时代回答。水是再生能源，拦河建坝修电站，不但可以解决村里生产、生活用电的短板，也是今后各项事业发展的能源动力。

而就在这次大坝修建的过程中，山洪爆发，刚建好的大坝被冲毁。面对残酷的现实，村里的党员干部没有退缩，继续奋战在筑坝第一线。党员们的行动是最好的号召力，尧治河全村男女老少、全员上阵。当时大坝建设工地不通公路，全村 600 多口人凭着肩挑背驮，硬是把上千吨的钢筋和上万方的水泥、石头送到了施工地点，看似普通的大坝，已然成为尧治河人们心中的民心坝、团结坝。

当时水库建成，全体党员干部起到了决定性作用，通过党员干部的模范带头作用，带动了全体村民，通过水库的建设，凝聚了全村老百姓的心，体现出了集体力量大。

修大坝，建水电站，发展磷化工企业，收购县里的白酒企业，尧治河党委班子对村里产业升级的认识不断深入，实践工作也在不断向前推进。为了更好、更快、可持续性的发展尧治河的经济，2006年，村里花费320万元买下十堰市房县野人洞、野人谷景区50年的经营权。2013年以后，尧治河村先后投入5亿多元，大手笔、高标准建设梨花山景区、老龙宫景区、尧帝神峡、养生馆等景点及配套设施，建成了3个国家4A旅游风景区。

章治兰是尧治河本村人，2006年入党，现在是尧治河旅游板块的负责人。对于家乡旅游的开发和管理，这个党员干部也是规划得井井有条：“现在旅游这一块，我们在不断延伸，以前单纯做旅游，现在有党建培训、研学旅行全部都融合到一起，硬件设施也在不断完善，尧帝门那个地方马上要建成一个容纳六百人的研学基地，我们正在施工的11层酒店，年前我们也能对外营业。”

村里的企业越来越多，无论是上班还是创业，大多数村民渐渐富裕起来，而30多名残障村民成了村委会的牵挂。有些干部提议，村里出生活费把他们养起来。而他们中大部人在有人带领的情况下，可以干些粗活。最后村委会研究决定，输血不如造血。1996年，尧治河村成立了集福利、扶贫、服务于一体的三福公司。党员陈隆万任公司经理，带领大家劳动。改造梯田、平整土地、维护公路，这个曾经被大多数村民遗忘的边缘群体成为了自力更生的光荣劳动者。这些残障村民通过劳动，身体比以前好了，每月有两三千元的收入，也减轻了家里负担。

“人民对美好生活的向往，就是我们的奋斗目标”，尧治河村党委在凝心聚力发展集体经济的同时，始终把群众最关心、最现实的利益放在心中、落在实处。让发展成果更多、更公平地惠及群众。2004年，由村集体统一出资5200万元，在水源好、地势缓的村南龙门口、村北滴水岩，集中兴建了160多栋村民别墅。为了公平公正分房，村党委根据家庭收入与人口状况，研究制定了既刚性又充满温情的办法：家庭成员在村企上班，年收入在2万元至8万元的，交2万元至6万元；既无家庭成员在村企上班又因病因灾因智而经济条件差的12户村民，则享受免费入住政策；村干部和企业负责人不享受补贴，建房款由自己负担。

以前觉得家乡是穷山恶水的村民杨龙梅也觉得：“现在生活好了，我家开农家乐，一年收入十多万元，人人有事情做。”

集体经济发展起来之后，村里在公益设施建设、村民福利配套方面也同步跟进。三十多年来，村里用于公益设施、福利事业建设的资金总额达 10 亿元。为了让村里的孩子们享受到优质教育资源，先后投资 1600 多万元，三次对校园进行改造升级，形成了现在的花园式学校。村民的各类保险全部由村集体买单，员工的“五险一金”，企业按月交足；三十多年来，尧治河的党组织也在不断壮大，由单一的村党支部到与邻近的天花、白果两村成立联合党总支，再到 2004 年被县委批准成立村党委，党员队伍由当初的 17 人发展到现在的 228 人。谈到今后的发展，作为尧治河村党委带头人的孙开林，依然信心满满。

党委书记孙开林认为：“从高质量发展着手，更加注重集体经济的发展，过去粗放型的向集约型、过去不全面的要向全面的发展，特别是我们村有很好的生态环境，我们要围绕着绿水青山就是金山银山这一块下功夫，做文章。让老百姓有更多的幸福感和获得感。”

党员杨兴友句句离不开本行：“今后按照村党委整体规划，努力创建绿色生态、数字智慧、平安和谐的新型矿山建设。”党员章治兰也有自己的感悟：“作为尧治河村的党员感到骄傲，接下来要发挥党员作用，为旅游发展做贡献。”

而村民的话就更朴实了：“未来还要跟着村党委走，我们对他们有信心。”

到 2021 年，尧治河建设公路里程达到 130 多公里，无论是矿山、旅游景点、还是居民小区都通上了柏油公路。全村有白酒、磷矿、旅游企业 20 多家，年收入突破 48 亿元。这些企业员工达 3000 多人，同时还为社会提供了 5000 多个临时就业岗位，不但

本村村民可以就近上班，也为周边村庄群众提供了大量的工作机会。现如今尧治河固定资产达 78 亿元，年实现利税 4 亿多元，村民人均纯收入 6.8 万多元。新时代乡村振兴的号角已经吹响，尧治河创建更加富裕、文明、幸福山村的目标已经确立，尧治河党委和支部全体党员、全体村民正信心坚定、大踏步地走向更加辉煌的明天。

贵州长顺县核子村党支部

从贵州长顺县广顺镇洞口村沿着乡村公路一直走，就进入了核子村，一幅美丽的乡村画卷也映入眼帘。乡间小路一尘不染，两侧的花草随风相迎，蜿蜒通往幸福的远方。

核子村总支部书记犹刚回忆起村子以前的路况，有点唏嘘："当时进村的路很窄，只有五米宽；随着村里面的发展，群众已经有拓宽这个道路、改善生活条件的需求；后面，村子两委去发动群众；通过群众集资这个形式，建设了一条崭新的柏油路，这个新的路有六米宽，宽的地方延伸到了八米，所以说对咱们整个村的出行条件有了很大的改善。"

这条路，见证了核子村幸福生活的启航，也承载了脱贫攻坚到乡村振兴道路的核速巨变。

"全面建成小康社会，一个也不能少。"党的十八大以来，以习近平同志为核心的党中央围绕脱贫攻坚作出一系列重大部署和安排，明确了到 2020 年我国现行标准下农村贫困人口实现脱

贫、贫困县全部摘帽、解决区域性整体贫困的目标任务。在这个目标任务下，一颗颗璀璨如明珠的先进典型，照亮了全面乡村振兴的道路。

长顺县委副书记周贵平介绍当地的情况：“长顺县处在贵州的中部；我们总的地域面积有 1543 平方公里，人口 27 万，少数民族人口占 57% 左右。它是属于环贵阳经济带、贵惠长龙节点上的县，也是我们新阶段扶贫开发的重点县；我们在 2020 年已经通过国家的脱贫验收；群众认可度高达 99.87%，这么好的成绩，应该说在脱贫攻坚期，在县委的领导下，我们整个脱贫攻坚的成果和成色是非常好的。”

长顺县下辖的核子村，有 11 个村民组，农户 824 户 3555 人。建档立卡贫困户 224 户 940 人。以前的核子村，群众积极性不高，产业结构单一，“等靠要”思想严重，各项工作都排在末位，属于广顺镇典型的“后进村”。自决战脱贫、决胜小康以来，核子村认真贯彻落实“五步工作法”“四共”机制，并依托脱贫攻坚队力量，按照“党建引领强组织，示范带领聚村民，村社发力推产业，健全机制抓治理”的“四部曲”，一步步奏响了核子村乡村振兴的主旋律，把一个昔日的“落后村”建成了现在的“先进村”。

核子村党总支共计党员75个，分做两个支部九个党小组。村里党建就是按照把党的组织建在产业链上，把党的组织建到基层自治的组织之中。按照这个思路，核子成立了一个产业党小组和组管委的一个党小组。

为了加强党对农村的领导，2019年3月攻坚队进驻核子村后，实行“村队一体”，强化组织建设，把强组织、带能人、做表率，作为建强基层组织的突破口。全面建强基层的战斗“堡垒”，让群众切身感受到了党组织时刻守护的温暖。他们还成立了脱贫攻坚队临时党支部，加强攻坚队员和村支两委管理，通过找共识、找默契、找问题、找思路的“四找”方式统一思想、凝聚共识。坚持把化解干群矛盾作为突破口。

县委副书记周贵平是这样认为的：“脱贫攻坚也好，乡村振兴也好，只有在党组织的坚强领导下，它才能取得好的成绩；在县级层面上，我们县委成立以县委书记为主要的带头的县委班子；通过党支部的引领，让广大党员充分的发挥积极参与，甚至带头参与到脱贫攻坚这项目工作当中来的积极性；通过党员到群众当中去，把群众的思想凝聚起来，凝聚到党委政府的决策部署上来，有力推动了并激发了老百姓参与到我们脱贫攻坚或者乡村振兴的这个相关工作当中来。”

从责任上做到“村队一体”、按照“人岗相适”的原则，核子村制定了“小分工、大合作”的工作机制，将攻坚队员与村支两委拧成一股绳。将各组能人贤人、热心公益事业、示范带头作用强的人员，补充到村组干部队伍中来，并授予权限，确保村组干部能够真正管理起村组上的大小事务。

基础设施建设的短板，邻里之间的突出矛盾纠纷，把这些问题解决之后,就进一步增加了群众对攻坚队和村子两委的信任度。

党组织动起来了还不行，关键要让群众动起来，激发群众的内生动力。以前的核子村想开群众会可不是件容易的事情。脱贫攻坚战打响以后，党支部坚决把化解干群矛盾作为突破口，组织攻坚队员挨家挨户摸底，了解群众想法、收集群众困难、建立问题台账。把身边的鲜活事例融入“543”群众工作法中，对群众的问题困难一一回应。以村寨环境整治为突破口，维修饮水管网，修建花边组、拦河坝，依托组管委，充分激发群众的内生发展动力。

乡村振兴也好，巩固脱贫攻坚成果也好，农民是主体。只有把老百姓思想教育提升上来了，老百姓越发展，越参与到发展里边，它的内生动力激发起来了，巩固成果才会有效。

从各地的先进村发展经验来看，“能人”在村级发展中作用非常关键，找到“领头雁”才能带动大发展。为此，核子村将能人培育作为重要任务，制定了培育能人的“五条标准”。并在党组织的号召下，通过各种渠道培育能人 100 余人，有 30 余名同志主动递交了入党申请书。

村党员致富带头人金小刚就说：“我是 2019 年的 4 月份回来的，应该是 4 月 28 日那天，我才入驻到咱们组里边的，当时咱们组在做村容村貌建设，4 月 28 日我开始发动整个组，大家一起发动了咱们基层组的村容村貌建设，我是 2019 年 10 月份进入到合作社的，任折耳根合作社的理事长。”

30 多岁的年轻党员金小刚，原本在贵安新区做工程，事业发展很好，他一直有心想为家乡做点事。攻坚队得知此事后，便去找他商量，希望他回来带领群众发展。金小刚二话不说就答应了。于是，他放弃了自己的事业，当起了基建组的组长。

金小刚说起村里的攻坚队很是感慨：“还是受到咱们攻坚队长的感染；那个时候，我的房子前边是咱们村的一个辣椒基地；每天早上六点半左右起床就看到他在田里边转。我还问咱们村里的老百姓，我说这人是谁啊；他们给我的回话这个是攻坚队的队长。攻坚队，就是帮扶咱们村，他们外人都对咱们村的建设、咱们村的乡村振兴都付出了这么大的努力，咱们本村人，也应该尽点微薄之力。”

建强了组织、凝聚了群众，攻坚队又开始思考起核子村的发展出路。核子村共有土地面积6380亩，长期以来，没有村集体经济、产业结构单一。核子村守着良田好土却没有致富门路。

村总支书记犹刚也说：“我们村之前也基本是上一个空心化的村，在家里的年轻人很少，很多人都选择外出务工，通过这个渠道去增收，在咱们村里面做产业，没有这些年轻人的参与，它是干不起来的。所以咱们攻坚队选择一部分代表，群众代表、年轻群众代表，外出到浙江去开阔视野，去看别人的产业怎么做的。学习之后，让村里面很多群众意识到发展这个产业是可行的。”

产业兴旺，是乡村振兴的基础，是解决农村问题的关键。为增强群众发展信心，攻坚队反复组织召开群众会，通过算好账、做好群众宣传。20余名群众代表去浙江等地考察茭白、鱼腥草产业和市场，切实感受到产业发展的良好前景。

金小刚说道：“焦作、广州、重庆我都到那边考察了，折耳根市场，我感觉这个市场需求量挺大；回来开个全村会，不敢想的是，两个月之内，整个村从几十亩，发展到两千多亩，这就是咱们现在说的核子速度，核子的老百姓真的有这个能力。在农业这块，大家真的是挣到钱了，大家是看到光明了。”

通过动员，核子村在一个月内就流转土地5000余亩；短短

一年的时间里，核子村就转变了以前只种大米、包谷的传统单一模式，组建了 7 个专业合作社，动员群众土地入股 6000 亩，发展茭白产业 3000 亩、折耳根 2400 亩、辣椒 1000 亩。预计 2021 年可实现产业产值 1.5 亿元，带动 806 户 3543 人增收，户均增收达 10 万元。

村民刘靖也认识到："以前我就希望我们当地发展，但是那个时候相对来说发展比较滞后，人的思想还有资源条件比较落后，所以不现实；现在肯定是我做茭白收入高，在两年之内，我建这个房；贵阳这些朋友来，他说你家这个小别墅规划还是挺好的。现在我院里面那个摩托车就不说了，我年前买的那个车也是二十几万。"

通过农村集体产业制度改革就把三资给盘活了；全村的土地 80% 都能用来发展产业。而且核子村还辐射带动了周边村的产业发展；2020 年茭白和折耳根两个产业，就增加了核子村集体收入 57 万元，是通过产业发展来实现的。

提升乡村治理能力是农村工作的根基。核子村以党建引领为抓手，组建村级合作社，全面推行"村社合一"，合作社理事长由村党总支第一党支部书记担任。构建紧密的发展共同体，全力提升党组织在乡村治理中的政治领导力、思想引领力、群众组织力，不断完善乡村治理体系，提升治理能力。

犹刚说："村里面最大的变化还是人的思想的变化，这个最

重要，之前内生动力没有激发出来，群众在思想上面还有从事传统农业的这些想法，不敢创新，不敢大胆的尝试，脱贫攻坚开展之后，咱们这个群体的思想发生了很大变化，大家都勇于去创新，勇于去开拓，勇于去发展。还有一个变化就是党组织的力量增强了。现在村子两委做出的决定，和上级党委、党中央出的决策部署，也能够迅速地在咱村里落地。”

“翠叶森森剑有棱，柔条忪甚比轻冰。”5 月的核子村绿意已浓，即将成熟的茭白随风摇曳，鱼腥草田里，村民们正趁着好天气抢抓农时，田间地头皆是一派幸福收获的景象。一年的时间里，核子村把支部建在产业链上、建在合作社上，不断巩固党组织在农村经济发展中的主导地位，以高质量党的建设工作，漂亮地打赢了脱贫攻坚战，这就是核聚变的速度，这就是中国乡村振兴的速度！

《聚焦先锋榜》栏目组提供

中国航天科工集团第二研究院七〇六所党委党支部

梦想，是指路的明灯，没有梦想，就没有坚定的方向。1956年，国家决定将计算机纳入到《十二年科学发展长期规划》中，将开创中国的计算机技术事业等项目列为四大紧急措施之一。从那一刻起，一颗“做中国计算机”的梦想种子，在神州大地这片沃土上悄然孕育。

七〇六所隶属于中国航天科工集团，成立于1957年，是我国最早一批从事计算机研究的大型骨干研究所，是以计算机软硬件产品应用为主，及生产和服务为一体的国防领域的核心技术研究所。张梓昌是第一任所长，也是中国第一台数字计算机103机的带头人之一。

在1961年参与“两弹一星”的研制工作，并研制弹载相应的计算机，在20世纪80年代那个时候巨型机在国际上比较盛行，当时七〇六所也参与了我国第一台巨型计算机银河的研制。

七〇六所的成立也是由时代的需求引发的，新中国刚成立，跟国际比好多技术水平还差很多，发达国家有导弹、有原子弹，还有其他一些先进武器。中国怎么能够不被这些国家威慑？所以国家要做“两弹一星”。但“两弹一星”配套需要很多相应关键技术的，不只是材料，还有相应电子方面的技术。计算机在整个研制中属于关键支撑的部分。

进入21世纪，加强、提高我军战斗力急需的杀手锏武器和各类批产武器装备纷纷上马，武器装备信息化、数字化及信息安全等战略需求不断加大。肩负着“科技强军、航天报国”的神圣使命，来自七〇六所的航天人顶住层层压力与质疑，自筹资金毅然坚持自主创新之路，将目光聚焦在为武器装备提供国产计算机这一目标上，在信息化装备领域努力推进自主创新。

信息技术的基础核心技术，之前基本都在国外，比如操作系统、数据库，绝对是信息技术基础，不管是产品还是技术，都掌握在国外人的手里。中国经历了一个从无到有的过程。

“没有自主创新，就会受制于人。”进入信息时代，作为将“服务国家战略、服务国防建设、服务国计民生”奉为发展圭臬的国有企业，七〇六所深感有责任、有义务扛起推进国家重要战略实施的重任，将多年来在国产计算机领域沉淀而成的智慧结晶逐步向民用领域延伸，为国家推进信息技术应用创新先行先试。

中国作为一个大国，一些核心的技术，一些卡脖子的技术，必须要掌握在自己手里。随着国际环境的变化，和国内信息化技

科技强军 航天报国

术需求急速的增长，现在受制于人的东西还很多，但从国家安全、战略安全、信息安全和主权安全的角度做到信息技术科技自立自强，这是国家战略。信息技术创新应用在当下是中国走向转型升级，引领数字化发展的重要的抓手。

为加快核心技术在手的信息技术产业化发展步伐，七〇六所成立了网络与信息安全总体部，旨在对接航天科工集团内部优势资源，集中力量开展信息技术应用创新市场领域拓展，致力于快速面向市场和用户需求提出的系统整体解决方案，快速树立航天科工集团在信息技术应用创新领域的总体形象和地位。

七〇六所总体部坚持创新驱动发展，以系统工程理论为指导，坚持应用牵引、聚合国内资源，构建完善的信息技术应用创新产业链，集技术研发、产品实现、系统建设、运维服务为一体，打造航天科工集团信息技术产业的主力军，成为国家信息技术应用创新的先锋队。他们积极开拓面向党、政、军关键领域和重要行业的自主创新信息技术市场，争取在信息系统集成建设任务和咨询服务任务，为客户提供自主创新的信息系统解决方案、设备以及应用软件。

2008 年以来，七〇六所比较成功地圆满完成了北京奥运会、上海世博会、广州亚运会和深圳大运会电子票证和安保信息系统的建设任务。2009 年七〇六所完成了国庆 60 周年天安门整体防务系统的建设任务。

据七〇六所研究员钟生海介绍："推的过程中我们也是先给集团自己在用，我们整个集团产业推广的方向是先行先试、规模应用，我们先在自己集团应用了 2 万台自己国产的计算机，再去向用户推，不论面向党政还是行业做推广，避免了直接推向用户遇到许多问题。整个硬件产品体系主要是分成三大类，分别是便携及终端类的产品，服务器及存储类的产品，网络拓展类的产品，这三类产品基本都是基于中国芯还有中国的操作系统，'心和魂都是国产的'。在便携和终端这类主要是分成三块，三种形态分别是笔记本、台式机和一体机。"

从与国外计算机发展差距整整一代到计算机研制能力跻身国

际前沿水平，从靠引进国外图纸资料仿制生产计算机到信息技术的创新和应用，六十余年圆梦旅程，一代又一代的航天人不忘初心、牢记使命，始终追逐着梦想奋进前行，为祖国信息化事业的发展立下了赫赫战功，走出了一条“从无到有、从小到大、由弱变强”的信息技术产业发展之路。

七〇六所党委书记申世光是这样看待取得的这些成果的：“实际上，我觉得作为一个企业来讲，它一定要有核心，一定要有领导力。那谁来做核心，谁来做领导力呢。我认为在我们国有企业，党组织实际上是首当其冲承担这样一个责任，来作为我们企业发展的中心作用，这个是非常关键的。”

多年来，七〇六所坚守“科技强军，航天报国”的企业使命，以新时代中国特色社会主义思想为指引，将党建工作融入企业治理，守正创新，以高质量党建引领企业高质量发展。

党委书记申世光对党建工作是这样总结的：“我们党建的总体思路是贯彻落实国有企业党建的工作会精神。一个是切实加强党的建设，把党的建设作为国有企业的根和魂，这方面确实要去加强。二是要切实贯彻两个“一以贯之”，要切实发挥党的建设，在企业中的政治核心作用和领导核心作用。三是要切实发挥所党委把方向、管大局、促落实这样一些整体的功能，确保我们七〇六所在整体的发展中能够保持坚定的方向。四是我觉得非常重要还是党建，实际上要围绕着群众的关切，要切实解决我们职工群众中的一些困难，帮助他们及时地解决一些难题。”

七〇六所网络与信息安全总体部党支部书记杨芳是这样理解党建工作的：“在党建最大的一块肯定是党支部负责教育党员、管理党员和监督党员，在学习这块我们做了一些相关的工作，对党员的学习教育抓得比较紧。通过三个课堂来促进党员的学习教育，其中一个是微讲堂，除了微党课我们还会有线上的与保密相关的答题这样的活动，也是建立学习型党支部相关的工作。

另外就说党我们支部现在是按照院党委的要求，融入中心，推动发展，这也是我们支部主要的一些工作，所以在这块我们也是围绕着我们的中心科研市场的任务开展了相关的工作，比如说会有一些攻关的工作，会组织党员成立党员突击队，如一些攻关的团队，以党员为骨干，在科研生产，急难险重这些任务的时候去承担相应的一些任务，共同去保障任务的顺利完整。

再有就是质量，产品的品质和质量肯定是第一位的，在这个方面，所里也有一个传统，有这个党员QC小组，QC就是质量控制，这个小组我们都会是以党员来担任组长，去推动相关任务的进度。党支部自身的建设，我们也是按照“三会一课”的要求，贯彻从严治党。

在任务方面，我们会给党员多压担子，去担任相关重要的一些岗位，相当于搭建一个锻炼的平台，在工作中多去锻炼，承担更大的一些工作量，赋予他责任，在做的过程中作为党员来说，也起到了一个表率的作用。”

党员是如何做出表率的，研究员钟生海讲了一个例子：“我们当时专门封闭在二院的培训中心，在北安河，有几十亩的地，里面吃住、会议室都有，封闭了两三百人，主要为了做前期准备。前前后后持续了大概三个月，在三个月的过程中大家都齐心协力。”

网络与信息安全总体部副主任邹琴也有话来印证党员的带头作用：“我们现在的这个项目是我们部门的一个比较艰难的项目。时间紧，任务重，工作量也比较大。为了更好地服务用户，单位也高度重视。第一，租赁了一个专门的场地为用户提供专职的服务。同时成立了一个‘党员突击队’。有一次为了解决一个技术难题，五天四夜，我们只睡了八个小时。”

信息化总工程师闫耀文也说到一个例子：“2018 年的时候我受集团的委托去贵州做帮扶，在贵州航天担任信息化总师一职，不像在北京，困难比较多，为的是把整个信息化的工作能推到一个新的高度。”

支部书记杨芳对自己的工作也感到无上光荣：“我们承担的还是非常光荣的一个使命，国家的安全，作为我们党员来说，大家有幸参加、投入到这样一份事业中也是非常荣幸的，我们也是希望以后能够发挥更大的作用。”

而在这些重要任务中积累形成的专业知识和人才队伍，更为七〇六所计算机事业培育了优质沃土，奠定了深厚根基。

带人育人，一代人接着一代人，虽然时代在不停地更迭，航天人的精神却永远代代相传。

钟生海回想起航天科工人一步步走来的过程，很是感慨：“有好多是爷爷一辈就是航天，父亲一辈、孙子一辈也在航天，这个现象在我们身边很多。我们航天主要讲载人航天精神，‘特别能吃苦、特别能战斗、特别能攻关、特别能奉献’。

吃苦是航天人必备的技能。之前好多基地的试验，确实生活环境比较恶劣，当然这几年环境好一些了，大家都是经过洗礼过来的。

他看见之前老的同志也是不断在奉献自己的青春，他觉得他的青春也是应该奉献给国家这样子，这就是传承。

可能过了20年，我的孩子长大了，也参加工作了，我会自豪地跟我的孩子说，你看现在你用的这些国产的计算机，你现在用的国产的电脑，它的核心技术已经都是咱们自己的。

我是觉得这是一件很有意义的事。”

不断地探索，不懈地努力，航天人义无反顾地将满腔热情与聪明才智奉献给祖国的计算机事业和国防现代化建设。正是这份永不放弃的坚持和勇气，让航天人离梦想越来越近。

《聚焦先锋榜》栏目组提供

广西柳州钢铁集团党委党支部

柳钢集团是我国华南、西南最大的钢铁企业，无论顺境，还是遭遇行业寒冬，始终坚持以党建为引领，迎难而上、逆势发展。如今，在战略布局、盈利水平、科技进步、绿色发展、高质量发展等多个方面，均达到“历史最好水平”。而它创立的“党建品牌”，也成了一张张闪亮的名片。

习近平总书记在全国国有企业党的建设工作会议上指出，坚持党的领导、加强党的建设，是我国国有企业的光荣传统，是国有企业的“根”和“魂”。广西柳州钢铁集团有限公司是毛泽东主席亲自审定的建设规划，自 1958 年 7 月 1 日诞生之初起，就已注入了“红色基因”。60 多年来始终坚持筑牢这一思想，用高质量党建引领企业实现更高质量、更有效率、更可持续地发展。

关于党建对企业的作用，集团党委书记、董事长潘世庆是这样理解的：“正因为我们有党的根和魂，我们这几十年走过来，走的是非常稳，也是走得非常活跃。特别是‘十三五’以来，我

们整个柳钢集团的发展应该说是非常好的。”

广西柳州钢铁集团有限公司如今已发展成为我国华南、西南地区乃至泛北部湾经济圈最大的钢铁联合企业，跻身全球钢企50强，中国企业500强。在党的领导下，柳钢各方面的运作，从风险的控制，到企业的发展；从质量的发展，到对社会的贡献都会得到了大面积的提升，也得到了充分的体现。

2021年3月的一天，在二冷轧车间，来自湖北武汉的一家企业，正组织员工参观广西柳州钢铁集团有限公司的“钢铁先锋党员淬炼线”。作为全国首条建设在工业生产线上的“钢铁先锋党员淬炼线”，是将党建文化融入生产现场，将党员精神贯穿工艺流程，将带动效应植入职工内心，形成一条淬炼党性修养、发挥先锋作用、促进经营生产的生产线。

柳钢有一个很重要的理念就是淬炼出来的。淬炼体现在钢铁的生产线上，它是对柳钢产品的确认，通过淬炼生产出品质非常好的钢铁产品。柳钢也是把人的成长，把员工的成长想象为一个淬炼的过程。这些年至少有几万人走上了钢铁先锋党员淬炼线，接受了党性修养的淬炼。

参观过程中，大家一致认为，这样的党建学习，生动直观、感染力强，是一次党性修养的淬炼。

早在 2012 年，柳钢集团党委就针对企业内党的建设工作进行了专题研究，决定开启“党建品牌”的建设之路。如今已形成“一厂一特色、一企一品牌”的格局。有焦化厂“红焦红、心连心”的党建品牌，还有转炉厂“三区联动党旗红”等二级单位的党建品牌。

“红焦红、心连心”是焦化厂的党建品牌，它连接起了企业干部与职工之间的一个连心桥。这项党建品牌的主要工作载体，就是“民情日记”，通过三十年如一日坚持利用“民情日记”记录和解决职工所思所惑，使之成为党群工作的黏合剂，党员和群众一条心谋生产、促发展，各项攻关如火如荼地开展，矛盾问题化解于无形，企业生产建设焕发出新活力。

一本本“民情日记”，记录着职工工作和生活的点点滴滴，成为联系干部与职工群众的重要纽带。

柳钢焦化厂机关党支部书记陶柏明对一件“民情”记忆深刻：“2012 年的时候，我刚走上党支部书记这么一个岗位，在原料车间就有职工跟我提出说，书记，我们原料厂离产部比较远，有 1.3 公里，下班了以后，有些职工他们就洗一把脸就回去了，全身脏兮兮的，能不能在我们这里也建一个洗澡房？我回来就把它记录到我的民情日记里，同时向厂领导、厂长书记反馈这个问题，后来厂领导决定一定要解决这个问题。”

为了知民情，解职工所忧，柳钢集团设立了党代表工作室。通过定期举行的“党代表接待日”活动，“零距离”接待来访党员群众，受理、解决问题。于是，“十里钢城党代表先锋”又成为广西柳州钢铁集团有限公司基层党建的一面旗帜。

通过党建平台，柳钢的党委和支部也收到非常多的意见和建议，这些意见和建议，对整个集团的改革、发展、管理，是非常好的。通过这个平台，大家也感受到党员的先锋作用，群众、职工的意见是非常重要的。企业发展得好不好，党员是起了非常大的作用的。

2015 年，受钢材市场低迷的影响，广西柳州钢铁集团有限公司经营业绩出现下滑，职工们或多或少的思想上产生了波动。如何让企业度过低谷期，让大家树立信心，重燃希望是当务之急。这时候，党支部的作用又发挥了出来，党委副书记甘贵平在这方面经验十足：“如何把员工这个思想扭转过来，我们通过党建加强员工的思想引导，把员工的干劲补上来。在2015年，在很多企业亏损大的情况下，我们虽然亏损，但资金流没有减少，所以也使得柳钢后面的发展更快。”

焦化厂党委副书记杨名红在这次的党员带头活动下也更深刻体会到：“我们每个人，特别我们党员，聚在一起就是一团火，散开就是满天星。党员的标杆模范引领作用影响着我们的员工，每个员工，在岗一分钟，敬业60秒。”

到了2016年的上半年，广西柳州钢铁集团有限公司实现了扭亏为盈，当年利润就达到4.1亿元。党员带头作用，能引领好整个职工团队，一心为企业的生产经营贡献力量。柳钢在生产、协调、发展、降成本各方面来讲，及应对市场来讲，都做到了最好。

“三区联动党旗红”是转炉厂的党建品牌，思想教育责任区“三必谈”、安全生产责任区“三必管”、环境治理责任区“三必查”，三区环环相扣，层层联动，互促互进。

集团党工部副部长杨柳毅是这样认为的：“企业的高质量发展需要品牌，作为高质量的党建工作，也需要特色的品牌来彰显党建的一种活力。”

2018的党建学习日，一场“不忘初心、牢记使命”主题音乐党课在柳钢集团文化中心举行。通过“以歌叙史，以诗明志”，将音乐与党课互融，历史与现实相映，打破了以往“一人讲众人听”“台上讲台下听”的传统单一模式。在广西柳州钢铁集团有

钢铁先锋党员淬炼线
淬炼
入党誓词
集团公司

限公司，每一个党员都会领取一个“党员充电包”，便于进一步补足精神之钙、淬炼党性之魂。

集团党委副书记甘贵平的看法是：“引导人们心往一处使是非常关键的。包括我们国家现在学党史一样，我们要认识中国到今天来之不易，如何使企业各领域的发展得到提升，也是一个关键。”

以党建品牌为引领，不仅激励党员发挥先锋模范作用，也激发了职工以厂为家的主人翁意识和奉献精神。在柳钢集团防城港钢铁基地项目筹建之初，就涌现了一批先进人物。

集团的一位职工林柏榕主动报名到现在“一体两翼”的防城港去建设，他爱人的父亲瘫痪，母亲得了乳腺癌，但他却有一种干劲去为柳钢的建设出力，集团领导一方面也鼓励赞扬，但还是为员工着想劝他先顾小家。

对于这件事，林柏榕自己的原话是："我也做了十来年了，我应该去支援一下那边的建设，陶书记了解到我家里面的情况，去找我，谈过几次心，家里确实也是有情况，所以说陶书记跟各领导反馈问题，叫我先回来照顾家里。"

广西柳州钢铁集团有限公司将党建品牌与生产经营深度融合，点燃了红色引擎，激发了内生动力。无人驾驶自动行车，就是党员创新创效的智慧和汗水的结晶。

综合管理人员叶有兴就对这套技术很是自豪："没有无人行

车之前，这个地方主要是人员操控的，行车需要 2 个人，地面需要人员指挥，共需要 8 个人，每个班就要 8 个人次的。无人行车降低了人力成本，也发挥了优势和安全性。旁边那个机器人是多功能机器人，是我们广西和西南地区最厉害的一个机器人，它可以实现自动贴标、喷码两种技术。”

2020 年初，面对来势汹汹的新冠肺炎疫情，党组织站在前、党员冲向前。哪里任务险重，哪里就有党组织；哪里有困难，哪里就有党员在第一线，广西柳州钢铁集团有限公司在疫情防控工作中，不断巩固和深化“不忘初心、牢记使命”主题教育成果。特别是柳钢医院，分两批派了 12 个工作队员，到武汉去援助，

12 个队员基本上都是党员，她们都是主动要求报名过去的。

2020 年 6 月 18 日，“钢铁堡垒支部聚焦点”在广西柳州钢铁集团有限公司焦化厂揭牌，这标志着柳钢集团着力打造的“一点一线一面”党建品牌阵地集群初步成型，将进一步提升广西柳州钢铁集团有限公司基层党的建设质量，充分发挥共产党员先锋模范作用，为推动企业高质量发展提供强大的“红色动能”。

北京首发养护公司党委党支部

北京是中华人民共和国的首都，作为中国的政治中心、文化中心、国际交往中心、科技创新中心，承担着独一无二的作用。交通作为北京最重要的基础设施，是保障北京繁荣与发展的根本。北京拥有密集和发达的高速交通网络，而保障这些高速交通网络安全畅通运行，就成为保障首都运行的重中之重。首发养护公司以党建为引领，在保障首都交通方面做出了积极贡献。

在具体的工作中，同步健全完善党的基层组织，选优配强基层党支部班子，进一步推进基层党支部建设科学化、标准化、制度化，健全基层党务人员队伍，推动基层党建基础工作全面提升，切实发挥好基层党支部在生产经营、养护管理、工程建设、应急保障、技术创新等方面的支撑、引领和保障作用。

首发养护公司以党建引领，贯彻落实新时代党的建设总要求和新时代党的组织路线，把抓好部门党建作为最大目标。用新时代中国特色社会主义思想武装党员头脑、指导实践、推动工作，

教育党员牢固树立“四个意识”、坚定“四个自信”、切实做到“两个维护”，认真贯彻落实党的路线方针政策。

严把党员发展关，重视从优秀青年一线员工中发展党员，严格落实“三会一课”、组织生活、主题党日等制度，深化党员岗位立功，不断激发基层党支部活力，引领和带动广大党员积极参与，并完成好养护公司的“十四五”规划战略目标，将首发集团公司党委交办的各项任务落到实处。

公路养护是中国交通发展的关键领域，如何做好首都的公路养护是一个影响广泛的问题。首发养护公司通过党支部带头做表率，以党员劳模先进引领公路养护，探索出一条以“党员＋劳模”的党建模式。整合力量，搭建平台，形成党委统一领导，各个部门牵头，调动全公司各个方面的积极性。如依托吴喜军创新工作室、技术攻关科技小组岗位实训、重大活动和节日保障，在工作实践中锻炼队伍，培养和发现人才。在此基础上充分发挥党员带头作用，激发全体党员“我是党员，我争先”“一名党员一面旗”的先锋模范作用，在全公司范围内形成以党员先锋模范引领的党建文化氛围。

首发养护公司涌现出了一批优秀党员代表，其中吴喜军就是其中优秀的代表。2001 年进入首发集团养护公司，从事高速公路养护行业 20 余年，先后荣获“全国交通技术能手”“全国优秀农民工”“北京市劳动模范”“全国劳动模范”等荣誉称号，2021 年 5 月以“国务院特殊津贴”获得者的身份，参加了李克强总理主持的座谈会，连续多年被集团公司、养护公司评为岗位标兵。

这个岗位标兵有他的心路历程：“我是 1997 年从河南老家来到北京的，当时来的时候什么技术也没有，刚来的时候就是干保洁工作，通过学习进入抢修班组，还干过电焊、开过各种工程车辆，自身的学习加上公司的关心、培养，让我从一个什么都不懂的农村小伙，成为了全国交通技术能手。”

吴喜军自参加工作以来，一直立足本职，爱岗敬业，无私奉献，在各项工作中严谨细致地对待每一个工作环节，在工作质量方面精益求精，圆满完成了 APEC、国家公路大检查、“一带一路”、中非论坛等重大活动保障工作，表现突出。

吴喜军的工作态度是：“我们作为首都养路人，就是为了保证市民平安出行。我们的创新目标就是减少道路拥堵，减少高速公路的安全隐患，提高养护质量。围绕着这几个目标进行研发，让车主能更加安全的舒适的行驶在高速公路上。”

他在日常工作中以问题为导向，着力破解工作中出现的难题，带领团队取得了多项发明专利，公司为此专门成立了吴喜军创新工作室。他研制出了自动摇旗装置，广泛应用于高速公路各项占路养护作业中；自制桥梁伸缩缝箱，解决了伸缩缝维修难题。这

些发明创造在降低了作业安全风险的同时，提高了生产效率，大大节约了养护成本。他将所有工作方法传授给其他同事，为公司人员掌握自有施工技术做出了贡献。

作为一名党员，吴喜军也有党员的誓言：“今年是建党百年，也加上总书记说过，‘社会主义是干出来的，新时代是奋斗出来的’，我也是一直坚持党史学习，让我更加坚定了听党话，跟党走。”

北京首发公路养护工程有限公司，目前承担着北京市境内“京港澳”“京哈”“京藏”“五环”“六环”等 19 条、近千公里的高速公路的防汛除雪、清扫保洁、养护维修、应急抢险、清障救援、路灯照明系统维护及泵站、隧道配电站的管养等工作。经过多年的探索，以“互联网 + 养护”的理念逐步形成了一套以“慧养护”一体化平台为核心的、全方面覆盖的信息化体系，包含养护决策、机械管理、机务管理、自动化管理、物资管理、应急指挥调度等各个领域，已经是一家技术先进的高科技公路养护公司。

首发养护公司是北京市高速公路养护行业的龙头企业，是一支科技先进、装备精良、经验丰富的综合性专业养护团队，承担着保障首都城市交通运营的重大社会责任。此前已经圆满完成北京奥运会、国庆 70 周年、APEC、“一带一路”等重大政治保障任务，为首都高速公路的全天候运营提供了专业的保障服务。

首都养路人为了首都百姓的顺利出行，除了白天的应急抢险工作外，还在默默地承担着夜晚首都交通的维修与养护工作，他们为首都付出了太多太多。

靳雪松，中共党员，高级养护工，是首发养护公司养护事业部第四养护项目部工段长，负责北京西北六环 61 公里的高速养护工作。靳雪松同志对待工作无私奉献，工作中是一个多面手，他牢记“首都养路人”的职责，爱岗敬业是本分，保障道路畅通是天职，他的无私精神在平凡的岗位中闪烁着共产党员的光芒，是公司的标兵和骨干，2020 年获得了“全国优秀农民工”的光荣称号。

靳雪松说：“我们错峰作业，养护工作一般都是选择在夜间进行，要在早高峰之前完成。在夜里11点到凌晨5点，是我们工作比较繁忙的时候。今天是咱们在京藏高速沙河桥，通过检查，发现路面破损比较严重了，然后我们通过机械修补这么一个手段来修复它。”“对于党建工作，靳雪松有自己的看法，我们党支部将继续深化双联双带的工作机制，真正做到倾听民生，服务群众零距离。我作为一名年轻党员、创新工作小组的带头人，组织创新工作小组集思广益，研发出了可升降电控的扫盘，通过监控监视扫盘的高低，随时调节扫盘，解决了生产中的一些难题。哪里有困难哪里就有共产党员的身影，哪里有需求哪里就有基层党支部为人民服务。”

首发养护公司在党委的领导下，放眼未来公路养护之路，以“党支部 + 劳模精神”为企业追求，对每一个员工都用心打造，使得每一个员工都以党员和劳模为榜样，提升了能力，工作获得了广泛的好评和认可。

多年来，公司不乏优秀的养护工人，代表公司参加公路行业各项比赛，并取得多项荣誉。截至目前，公司共有1人获得“全国劳动模范”，2人获得“全国优秀农民工”，2人获得“北京市劳动模范”，13人获得“全国交通技术能手”，多人获得“北京市交通技术能手”荣誉称号，1人享受国务院特殊津贴，2人享受北京市政府特殊津贴。

首发养护公司以“为社会留下养护精品公路，潜心于公路养

护”事业，以“保障首都，服务人民”为己任，为社会贡献他们的力量。李俊丰也是其中一位，他带领班组成员，在平凡的工作岗位上，为首发集团高速公路养护事业，特别是为奥运会、残奥会以及新中国成立 60 年国庆道路保障中，创造通畅、安全、舒适、优美的高速公路行车环境，贡献出了他的一份力量。

李俊丰说：“作为一名党员，把自己在党史学习过程中学习到的知识应用到实际工作中，今年是中国共产党成立 100 周年，作为一个党员首先热烈祝贺成立 100 周年，我们共产党无数的革命先辈创造的今天幸福美满的生活，我们要更加努力，用我们的实际行动去带领身边的同志学习进步。”

公司党委书记曹炜表示：“中国特色社会主义进入到了新时

代，在‘两个 100 年’奋斗目标的历史重要交汇期，恰逢全面建成小康社会这一奋斗目标的完满收官之年。展望 2035，社会主义现代化的远景目标，在‘十四五’期间，是加快交通强国开局和起步的重要时期。首发养护公司的广大党员同全体员工将奉献出首都养路人的聪明才智，为新时期中国特色交通强国建设增砖添瓦。”

首发养护公司在党的领导下以勇于担当的精神，在首都高速公路养护事业中取得了优异成绩。面对新时代他们拼搏进取，铸梦中华，为共同实现中国梦做出他们的努力与贡献。

安徽合肥热电集团党委党支部

“合肥不错，为皖之中……”合肥，八百里巢湖奔来眼底，现代化滨湖大城市应运而生。合肥地处冬冷夏热地区，是未来地热能规模化供冷供热的重要领地。同时，“中国将提高国家自主贡献力度，采取更加有力的政策和措施，二氧化碳排放力争于2030年前达到峰值，争取在2060年实现碳中和。”碳达峰、碳中和“3060目标”被纳入我国“十四五”规划，以及近期发布的政府工作报告和“十四五”规划纲要中。推动新能源产业高质量发展，是大势所趋的共同责任。

合肥热电集团有限公司成立于2007年11月，作为城市公益公用类企业，主要为居民提供采暖、制冷服务，同时还承担着为全市化工、医疗、制药、酒店、宾馆等部分工商业用户提供动力能源的重任。

虽然担着重任，但集团安徽科新电源有限公司党委书记方振心里也有一笔账：“合肥热电目前有19台锅炉，一年19台锅炉

要用 90 万吨标煤。一年的发电量在 6.3 亿度，蒸汽量在 424 万吨，服务 12 万居民用户、2300 万平方米的供暖，以及 435 家工商用户。我们的管网里程是 576 公里，所有的管网都是由市联的管理，我们的热损耗比较高，高达 15.9%。”

当传统能源企业面对迫切的转型需求，合肥热电会做出怎样的变革？方振认为应该这样办：“第一，抓企业发展战略；第二，以党建红色引擎为统领的思想政治工作；第三，以标准化为抓手。

我们按照党中央和国务院决策战略的部署，特别是在“十四五”的时候要进行转型发展，所以提出了多能互补、多业发展、转型发展这样的思路，以地源热泵为主、煤炭为辅、天然气为补充的一个发展新格局。那么企业发展战略定下来以后，我们提出了红色引擎的概念，特别是根据党中央的要求，我们作为一个基层党组织，如何做好标准化、规范化、我们认真地进行思考。”

为推动向能源环保型企业集团转型，合肥热电以党建为抓手，让年轻人不断走向前台，让年轻的人才队伍成为合肥热电最强的底气。2020 年，合肥热电共计提拔 59 人，轮岗交流 35 人，降职 2 人，一大批“80 后”“90 后”年轻干部走上前台。

集团科恩新能源有限公司副总经理汪育超就是这批走上前台的年轻干部之一，他在 2017 年 6 月来到公司，9 月项目开始建设的时候到现场，直到 2019 年 4 月，一年半的时间都一直在项目现场从事建设管理工作，一方面是对项目的责任心比较强，全身心投入在项目的建设当中；另一方面是他所学的知识正好能够运用的上，推动项目的顺利建设。基于这两个因素，想干事情，能干事情，就成为了被提拔的年轻干部。

同时，集团一手打造红色引擎党建品牌，通过抓党建、抓发展、抓治理、抓服务、探索国企高质量发展新路径；一手攻坚传统能源、新能源先进技术，优化现有供热系统，并加强环保高尖技术研究步伐，引领供热行业技术进步。

2014 年，安徽科恩新能源有限公司成立，主要经营地热能、冰（水）蓄能、污水源热泵、生物质能、分布式能源等新能源利用系统的设计、建设、运营、管理及维护等；绿色建筑、新能源、新节能技术咨询、服务；热力工程安装和技术咨询服务；热力、暖通空调的安装、维护等，并以新能源的开发及应用为发展目标，全力打造绿色供能。科恩新能源重点发展区域能源项目和地源热泵工程项目两大板块业务内容。在企业发展过程中，科恩秉承集团的党建文化，在红色引擎的动力下，不断探索创新，持续做强、做优、做大新能源。

安徽科恩新能源有限公司党支部成立于 2014 年，目前有党员 25 人，分为两个党小组，现在党员有高级职称 1 人，中级职称 11 人，注册类员工 9 人，是一支年轻有创造力的党支部。

红色引擎，聚焦党建关键环节，并制定党建工作一览表，上线党建工作管理平台，实现电脑管人脑，以入口关、中间关、出口关为框架，实行四个百分制量化考评，赋予党支部人事推荐权。

随着 2014 年安徽科恩党支部的成立，创新打造属于科恩自己的党建品牌也随之打响了第一枪。

党支部副书记肖亚婷说：“我们的流动党员比较多，为了解决流动党员动向难掌握，活动难开展，管理难到位，作用难发挥的这个四难问题，我们以支部建在项目上的理念，创新了流动党员的管理，开展了流动党员的红色驿站。”

通过这种方式，让流动党员回归党组织，学习教育有人召集、开展活动有人组织、责任义务有人监督，感受“家”的温暖；同时让党员队伍通过“亮身份”“作表率”等方式激发积极性和主动性，切实发挥模范带头作用。

湖南新华派在安徽合肥3号区域能源站项目负责人杨勇也深有感触：“我们作为乙方，在甲方的组织下，我们参加了红色驿站。在红色驿站里头，学习到更多的党员知识，让党员充分发挥了先锋作用，更好的发展了非党员同志。”

如何能够通过党建引领广大员工更加敬业、更加爱岗，也是党支部一直积极寻求。党支部在2018年打造了“敬业课堂”，为了实现让每一个员工上好精彩一堂课的想法，让员工都能登上这个讲台，使大家共进共学。

2019年4月，滨湖区域能源项目3号能源站正式投运，为安徽创新馆供能，这标志着合肥热电新能源综合应用取得突破性进展。

合肥滨湖科学城能源站项目是安徽首个以地源热泵为主的多能互补综合利用区域能源项目，项目规划供能建筑面积500万平方米。其中，重点用户有安徽创新馆、滨湖文一塘溪津门、佳源广场等公用、民用类用户。能源方式全部为清洁能源，实现了清洁能源的规模化、高效化利用，凸显了本区域绿色环保、低碳节能的优势，同时也能够满足用户绿色建筑星级的要求。据估算，项目建成投运后，每年可减少排放二氧化碳 16.9 万吨、氮氧化物 2400 吨、二氧化硫 4800 吨，节约标煤 6.5 万吨，节能减排效益显著。

这引起了很多客户、媒体以及同行的高度关注，技术交流及接待活动日益增多，公司急需打造一批熟知区域能源项目概况及系统运行原理的专业讲解队伍。党支部因地制宜，拓展了“红色驿站”的另一个品牌——“人人都是讲解员”；旨在通过动员、培训、考试、实践等系列活动，让公司广大员工在加深对滨湖核心区能源项目认知的基础上，培养和选拔一批专业讲解团队。

在红色引擎的统领下，科恩作为合肥热电集团新能源综合应用的“排头兵”，在新能源领域已树立起“品牌”“服务”和“保障”三方面的优势。

在 2020 年这个特殊的年份，他们更是发挥了党支部坚韧不催的堡垒作用。

2020 年的大年初一，安徽省卫健委成立新冠肺炎疫情防控应急指挥部，启用原省人大办公大楼七层以上办公室作为临时办公场所，并委托安徽科恩公司为供暖保障单位。

安徽科恩新能源有限公司工程部项目经理贾志国临危受命：“作为一名共产党员，一名热电人，我当时脑海里只有一句话‘勇于担当，乐于奉献，冲锋在前，勇挑重任’，担任此次供暖保障党员突击队队长，带领项目助理陈文川和吴君忠两人火速赶往现

场。在现场对设备进行全面细致检查，确认具备开通条件后，再分工协作。经过三个多小时的共同努力，开通近 260 个阀门后，120 多间办公室逐渐暖起来。随着温度的逐渐上升，党员突击队队员们也终于放心。

与此同时，科恩党支部积极响应集团党委号召，2 月 11 日，短短两小时内，就组建了一支 11 人的下沉社区的防疫人员队伍。”

公司运营部暖通运行人员高辉积极响应了支部的号召：“我们书记，第一时间在群里发通知。我第一时间给书记发了个信息，问我能不能参加。他说可以，我就参加了。”

高辉参与抗疫的执勤点，位于包河新区，从他家滨湖新区出发有 20 多公里。为了顺利完成组织上交给的任务，他每天早晚两趟骑自行车往返于两地之间。

高辉觉得："虽然身处很危险的一个环境，对我来讲不算是什么恐怖的，为国家做一点事，我觉得很开心。我们班的阚亭，他是一个老党员，在部队里就是党员。抗疫，抗洪，他都是在一线。"

他口中的阚亭，正是科恩质量安全部的一名基层安全专工，是一名有着19年党龄的退役军人。抗疫期间，他主动申请参战，洪水来的时候，他更是展现出一位军人、一位党员的担当。洪水漫延，阚亭得知自己曾经所在的部队在无为市抗洪，立即赶去。

安全专工阚亭认为这是理所当然的事情："我就抽空和另外一个战友一起去了。从部队离开已经有三四年，但现场的那种氛围还是立马感动了我。"

这个曾经多次冲在抗洪一线的老兵，只有一个信念，"我要到一线去"。这个老兵又再次感受到和战友并肩作战的快乐。

回忆起在抗洪一线，阚亭还有苦中作乐的风趣："当时第一天去，体力上是没有问题，正好战友有很长时间没在一起并肩作战了，自己感到很兴奋，没有感到体力透支。回去之后，到了安置点之后，往下一躺，就睡着了。"

见微而知著。在"十四五"的号角声中，合肥热电将继续以习近平新时代中国特色社会主义思想为指导，以打造"红色引擎"党建特色品牌为统领，全力建设"八个热电"——红色热电、平

安热电、绿色热电、标杆热电、温暖热电、智慧热电、青春热电、幸福热电。构建以“地热 +”为主、煤炭为辅、天然气为补充的多能互补新格局；科恩新能源作为集团公司战略转型发展的排头兵，力求以“小齿轮”的“微动力”，提高“大引擎”的“总功率”，打造具有核心竞争优势的综合性、智慧性、服务型新能源企业，凝心聚力谱写出属于他们的新篇章。

《聚焦先锋榜》栏目组提供

湖南国网韶山换流站党支部

“壮丽100年，奋斗新时代；祁韶特高压，电从西北来。”±800千伏祁韶直流输电工程，线路全长2383千米，是首次将大规模风电、太阳能等新能源与火电打捆输送的特高压工程。特高压韶山换流站，每天有一亿多度电从西北到达这里，在这条清洁能源电力输送的生命线上，在这个厚载红色基因的地方走出了一支敢拼能拼的韶峰尖兵。

祁韶特高压韶山换流站，建站之初没有一个成功案例可供参考或借鉴，一切都是从零开始。

特高压输电技术的特点是输送距离远，容量大，损耗低，效率高，是世界电力的“珠穆朗玛峰”。这就对在安全保网、基于预警、技术创新等方面对运检人员提出了更高的要求。

党员孙鹏，作为韶山站筹建的主要管理人员，2016年2月至2017年6月，整整17个月的时间，为了确保韶山站设备驻厂监造、跟踪验收、带电调试、运维检修等工作保质保量地完成，

他以站为家，几乎每晚都加班至凌晨；为了确保工程验收合格，孙鹏发动所有人员对全站二次接线、对所有控制保护压板、对全站油气水阀门逐个上手标记和检查，不放过任何一个有瑕疵的细微之处。

孙鹏说起那段岁月很是感慨："我们攻克了一个又一个难关，解决了一个又一个问题，团结带领大家本着认真负责的态度，不放过工作中的每一个异响异常、设备的每一个缺陷，才确保了韶山换流站如今的安全稳定运行，也为我们湖南积累了特高压直流换流站的筹建和生产建设的丰富经验。"

在孙鹏的带领下，大家奋战三个昼夜，终于把全站所有细节

检查完毕，确保了设备一次性带电成功，保障了湖南首个特高压换流站“零缺陷”投产。

韶山换流站党支部将党建工作与安全生产深度融合，充分发挥党支部的战斗堡垒作用和党员的先锋模范作用，守护好湖南电网生命线的安全。

韶山换流站的运行安全，主要靠严抓日常运维与检修两块。

刘昊然就是坚守运维岗位的一位年轻党员。由于工作扎实、业务能力出众，他被调到巴西里约特高压支援建站工作。这个项目不仅能满足巴西1600万人口的用电需求，同时也是国家电网推进“一带一路”建设的重要海外实践。

巴西项目结束后不久，刘昊然回国就赶上疫情。疫情期间，刘昊然主动请缨，从 1 月 19 日起，连续驻站值守 25 天，在韶山站保电形势最困难的时刻，做到守土有责、守土有方，获得公司“抗疫保电先锋”的荣誉称号。

和刘昊然一样，潘劲也是奋战在运维战线上的一名党员，潘劲党龄 11 年，他时刻保持谦虚谨慎的工作作风，求真务实，充分发挥党员示范作用，成为了公司“精益运维、精准检修”的排头兵。

潘劲说：“作为一名运维人员我们始终把韶山换流站作为自己的家，把韶山换流站的设备作为自己家里的设备来维护。我们站内的每一台设备，每一个螺丝出现任何一个小的故障我们都会在第一时间赶到现场，把故障缺陷和隐患控制在最小范围之内，保证我们站内的设备安全健康可靠运行。

很荣幸韶山站从无到有，湖南从超高压迈向特高压，但也有对家庭的愧疚。”

一次，因为重要的工作使潘劲无法离开岗位，而那次恰逢爱人临产，虽然他心急如焚，一直等到工作结束的最后一刻，他才放心地离开，买上火车票赶赴医院。一千多公里，潘劲十点多终于到医院，见证了儿子的出生时刻。

在检修部门，“铁娘子”武剑利也是吃苦耐劳、真抓实干的佼佼者。党员武剑利，作为研究生，2004 年她拒绝了“光鲜亮丽的白领”工作，投身直流事业，选择了在艰苦的工作环境和与设备打交道的枯燥的生活，她就像一棵大树，稳稳在这儿扎下了

根，一干就是十二年。而后，随着一纸调令，她又参加到韶山换流站的建站工作中，一切从零开始。

武剑利说的话就很男子气："领导说我是一块砖，革命哪里需要哪里搬。做电力女职工不容易，做双胞胎电力女职工更困难。"

武剑利有一对人人羡慕的双胞胎，但是她和爱人是电力双职工，如果遇到大检修十几天不能回家，他们就只能靠家里七十多岁的婆婆去照顾孩子。

武剑利说起家庭："最怕接电话，工作放不下，生病两个一起，很难，孩子长大就好了。"

精密巨大的调相机，是换流站的电网保护神，这个部分如果有任何瑕疵都会导致电网运行出现严重问题。张超峰从第一天接手这个工作开始，就不断钻研，攻坚克难，为的就是确保调相机安全运转零故障。

五级工匠张超峰满口的工作话题："可以说在接站调试的过程当中困难重重，尤其当时调试的时候，因为我们这是首台首套，当时连续在现场 10 个通宵，进行相关的调试，操作人员、运行人员，都一直蹲守在现场。根据问题研究安全装置，提升输送电量。"

张超峰是技术领军、一专多能，带领团队完成韶山换流站调相机首检工作，并提前发现和解决重大安全隐患，多次被评为"安全生产先进工作者"，同时，他发挥党员的模范作用和拓荒精神，组织编写规程 20 多部、申请专利 12 项，完成论文 26 篇，软件著作权 2 项，并且坚持开展培训和练兵，大力培养调相机方面的

专业人才。为此，韶山站检修班于2018年获得“国网公司一流班组”和“湖南省公司‘一流班组称号’”。

敢拼能拼，专业专注，韶峰尖兵精神就是韶山换流站党支部的光辉与荣耀。党的光荣传统和优良作风一直是激励着韶峰尖兵不畏艰难、勇往直前的精神支柱。在新时代，他们将落实国家电网公司“碳达峰、碳中和”行动方案要求，守好、用好大国重器。在这样一批坚强的电力安全守护者的不懈努力下，绿色电网的形成必将更好地服务百姓，铸就中国更好的绿色未来。

《聚焦先锋榜》栏目组提供

湖南国网长沙供电公司党委党支部

长沙，一片有着光荣革命历史的红色热土。自新民主主义革命以来，一代代共产党人谱写了一曲曲感天动地的热血壮歌，毛泽东、刘少奇、许光达等老一辈无产阶级革命家的革命足迹遍布，红色信仰根植。

长沙，一座满载希望和幸福的未来之城。从一座不靠海、不沿边的内陆古城，到 GDP 跻身“万亿俱乐部”、全球瞩目的“工程机械之都”、13 年蝉联“中国最具幸福感城市”、三度获评“中国十大美好生活城市”，电力澎湃护航。

国网长沙供电公司党委委员谌智说：“‘人民对美好生活的向往，就是我们的奋斗目标’，在电力供应上我们坚持政企联动，共建电网，不断满足城市高质量发展和人民群众美好生活的用能需要，交出一份不负时代、不负人民的长沙答卷。”

长沙是“一带一路”重要节点城市、长江经济带中心城市之一、“一带一路”首位城市，高端装备制造、新一代信息技术等产业优势明显，打造联通长江经济带和粤港澳大湾区的国际投资贸易走廊。

“十三五”期间，长沙电网日负荷增幅36%。肩负着省会城市产业升级用能需要和人民群众对更高生活品质的期盼，2017年夏，长沙市委、市政府与国网湖南电力共同描绘了未来长沙的发展蓝图：以三年再建一个长沙电网、打造省会城市示范为目标，打响了电网建设“630攻坚”战。

三年来，长沙供电公司坚持将支部建在项目、党旗插在工地。6400名党员、89支党员突击队、201个党支部风雨无阻、笃定前行，经受住了种种考验，啃下了长沙电网建设历史上的一个又一个硬

骨头。

国网长沙供电公司直面挑战、抓住机遇，坚持党建引领，充分发挥党员模范带头作用，践行“人民电业为人民”的企业宗旨，深入推进“党建 + 电网攻坚”工程，各级党组织开展各类岗位实践，实现了党建与电网建设等中心工作深度融合、相互促进。

三年来，国网长沙供电公司全员发动、尽锐出征，坚持将支部建在项目、党旗插在工地。6400 名党员、89 支党员突击队、201 个党支部风雨无阻、笃定前行，经受种种考验，啃下了长沙电网建设历史上的一个又一个硬骨头。

战天气。酷暑寒冬，2019 年 147 个雨天的超长雨季，建设人员在泥泞工地上昼夜奔忙。

战疫情。逆行出征抗疫保电，全省率先复工复产，助力定点救治医院、发热门诊、防疫物资生产重点企业等可靠供电，72 小时完成“长沙小汤山”供电任务，在大战大考中交出满意答卷。

战时间。党员们以“功成不必在我，建功必须有我”的胸怀和担当，只争朝夕，攻坚克难，跑出了电网建设加速度。

星宇电网工程分公司党支部书记黄顺平表示：“党员们是项目攻坚克难的主力军和先锋队，项目临时党支部全体成员将以匠心制订初心，助力现代化长沙智慧电网建设，以优异的成绩庆祝中国共产党建党 100 周年。”

政企双方合力攻坚，全力以赴推动电网项目高质量落地，形成了以“政府主导、政企联动、责任共担、合作共赢”为核心的政企共建电网新模式，建立起符合长沙实际的电网建设“四个一”机制。

强化“一把手”带头；制定“一揽子”办法；主导“一张网”规划；实行“一体化”调度。三年来，政企28000余人参与攻坚，专题研究调度电网建设工作2200余次，“四个一”的电网建设机制迸发出强大的生命力、战斗力。

980天、23520小时，连续三年“630攻坚”后的长沙电网夺目耀眼，长沙市委、市政府和长沙电力人，用信念和责任、用担当和智慧、用心血和汗水，共同点亮了星城长沙璀璨而美好的生活。

作为关系全市能源安全和国计民生的国有重点骨干企业，国网长沙供电公司始终铭记电网事业发展为了谁、依靠谁，担当“供好电、服好务”的主业主责，以提升“获得电力”服务水平为重要抓手，不断深化零上门、零审批、零收费“三零”和省时、省心、省钱“三省”服务，实现17项简单业务“一次都不跑”、5项复杂业务“最多跑一次”；线上服务打通政企数据壁垒，实现“零证”刷脸办电、业务“一网通办”、不动产转移登记与电力联动过户，更加高效便捷的供电服务助力2020年长沙“营商环境”跃居全国第九，华中地区第一。

同时，助推“四精五有”品质城市建设，全市路灯亮灯率达

99.45%，“一江两岸”亮化工程成为城市新名片，助力2021年一季度长沙“夜经济”影响力全国排名第二。

5月13日，国家发改委在苏州召开的全国优化营商环境经验交流现场会上官宣：长沙聚焦重点领域改革和生产要素保障，“获得电力”等方面是全国进步最快的城市。

榔梨供电所服务于长沙县经开区、临空经济区、长沙市高铁线程、长沙市会展经济区。目前这块区域是湖南省的自贸实验区，这片区域的经济发展高度活跃。

国网长沙县供电公司榔梨供电所所长刘昂表示：“五百强企业有上海大众、蓝思科技，会展国际中心就是我们湖南省的对外的一张名片，所有的大型会议、大型的商务交流都在我们会展中心。所以这些大型企业和重要保电单位落地于榔梨供电所服务辖区，他们对电力的可靠性要求是非常高的。与此同时带来了地方经济的高度活跃，所以榔梨供电所的宗旨就是党建引领、党员代表。”

对于国网长沙公司的服务，长沙融创国际会议中心项目总经理陈还非常感谢：“长沙供电公司想千方设百计，雨天一身泥、晴天一身灰，为咱们这个项目顺利的保障供电做出了不可磨灭的贡献，为全国的医疗大会在这顺利召开得到了切实的保障。作为来长沙投资建设的一个企业，长沙供电公司为我们创造了良好的投资环境。”

国网长沙供电公司持续深化党建带团建，坚持党带团，老带新，以“做实带思想，做精带技能，做优带服务”的党建带团建工作思路，助力青年快速成长成才。

国网长沙供电公司通过成立“劳模创新工作室”“良禾青年创客联盟”等柔性团队，以客户需求为导向，开展了电压暂降治理装置研发等一系列技术创新攻关，为优化营商环境提供强有力的技术支撑。公司不断探索，提高了电能质量，满足了客户需求，优化了营商环境，有助于大型企业客户提升经营效益。

上汽大众技术办公室高级经理浦登翔也非常感谢国网长沙公司：“在国网长沙供电公司的帮助下，电压暂降治理装置率先在我们工厂的车身车间生产线上试用。通过监测电压波动，在电压出现异常的两毫秒内就可以进行自动补偿，最大程度上保证了生产的正常供电不受影响。”

中国铁建重工资产管理部副部长罗新也表示：“我们企业在响应咱们国家“碳达峰、碳中和”的号召，在国家电网的帮助下，通过建立智慧能源综合管理平台，使我们的企业在降本增效和节能减排方面取得了很好的成效。”

长沙是雷锋的家乡，国网长沙供电公司“东方红共产党员服务队”坚持做雷锋精神的种子，树“雷锋家乡电雷锋”品牌，坚持统筹安排、标准管理、项目化运作、典型化引领。紧紧围绕服务方向，不断强化服务意识、拓展服务领域、提升服务水平，打造具有鲜明地域特色和行业特点的党建服务品牌。

“电雷锋”们努力做平凡岗位上永不生锈的“螺丝钉”，在服务经济发展中冲锋在前，在急难险重任务中冲锋在前，在履行社会责任中冲锋在前，做到了哪里最困难、哪里最艰险，哪里就有“电雷锋”！

为持续推动长沙电网从“温饱”到“小康”，再向“富裕”转变，长沙市委、市政府与省电力公司联合启动的“加快建设现代化长沙智慧电网三年行动计划”接踵而至。2020 年至 2022 年，计划投资 310 亿元，实施主干电网提质、城乡配网提档、智能电网提效等“12+5 计划”，长沙电网将满足 1200 万千瓦负荷安全用电需求，全面建成国际一流城市配电网。

“宁让电等发展，不让发展等电。”这是长沙电力对这片土地的庄严承诺。

国网长沙供电公司党委委员谌智表示:“目前，全国‘十四五’期间首个特高压工程，长沙 1000 千伏变电站正在建设，力争年内投产，长沙电网将全面迈入特高压时代。接下来我们将全面贯彻落实‘碳达峰、碳中和’的要求，积极落实国家电网公司‘双碳’行动方案，着力构建以新能源为主体的新型电力系统。

在‘人民电业为人民’的初心使命指引下，未来，一个更加坚强智能、生态共享的长沙电网将助力长沙当好‘三高四新’实施战略的领头雁，建设现代化新湖南示范区，更好地满足人民群

向雷锋
同志学习

電雷锋
国家电网湖南电力
（电雷锋）共产党员服务队

众日益增长的美好生活用能需要。”

每一次出发，都有着鲜明的时代印记。站在新的历史起点，百年大党温故知新再出发，新时代的长沙电力也正以昂扬的姿态，踏上“电力引擎”赋能长沙高质量发展的新征程。

“为美好生活充电，为美丽中国赋能”，这是国家电网对人民群众的炽热誓言。

“幸福是奋斗出来的。”未来，国网长沙供电公司将继续坚持党建引领，当好电力先行官，聚焦“一体四翼”，扎实苦干实干，加快建设具有中国特色国际领先的能源互联网企业，在推动高质量发展上闯出新路子，在构建新发展格局中展现新作为，在推动中部地区崛起和长江经济带发展中彰显新担当，为着力打造国家重要先进制造业、具有核心竞争力的科技创新、内陆地区改革开放的高地做出新的更大贡献！

《聚焦先锋榜》栏目组提供

云南红河州烟草专卖局党委党支部

雄浑大气而蕴含灵性，沉郁古朴而充满活力，这是一个被传奇定义、用故事书写的绿色家园，这里的山水散发出神秘诱惑的气息，红河州烟草专卖局（公司）发轫于云南红河哈尼族彝族自治州这片灵动的土地，他们传承深厚人文，呼吸山地清香，他们用汗水浇灌希望，他们把碧绿变成金黄。

公司党委书记陈茂建介绍：“我们红河州局（公司）在省局（公司）党组和地方党委政府的坚强领导下，如何通过党建引领高质量发展，这是我们一直在思考和实践的一个课题。”

红河州烟草专卖局（公司）始建于1983年，下辖13个县（市）烟草专卖局（分公司）和1个物流分公司，红河天源酒店管理有限公司、红河弘毅农业发展有限责任公司2个全资子公司。现有在岗员工1216人，在省局（公司）党组和州委州政府的坚强领导下，红河州局（公司）以全面从严治党为核心，以党建为抓手，把政治优势、组织优势、群众优势转化为提质增效、转型升级的

动力，确立“11344”党建工作思路，以“超越、拼搏、实干、担当”的精神为基层党建新路径，把企业文化与党建品牌相融合，形成了独具特色的“弘毅”党建文化，以实际行动推动党建与企业发展互促共赢。

党委书记陈茂建说：“企业党建文化的建设和我们企业文化建设是一脉相承，这样的精神第一可以提升我们的党建，指引方向；第二就是可以了解我们广大干部职工，特别是党员干部的思想，激发出内生动力，为推动高质量发展提供精神动力，同时也造就了我们所有的党员干部爱党、永远跟党走、为民办实事的主动性和责任感。”

在优良的发展环境中，以党建促发展，以发展检验党建成效。红河州局（公司）积极推进“智慧党建”建设，着眼于解决好“为了谁，依靠谁，我是谁”的时代命题，始终坚持“从群众中来，到群众中去”，不断加强和改进党建工作，提升党建活力和效果，不断拓展群众基础，打通了服务党员、服务群众、服务发展的“最后一公里”。

当大数据、人工智能等新技术与烟草产业融合创新、协同增效，会产生怎样的“化学反应”？

红河州局（公司）紧紧抓住数字化农业发展的战略机遇，探索创新“全程机械化”生产方式、一站式专业服务平台、“种采烤回分收打调”全流程一体化生产收购管理体系，优化烟区布局，着力打造“大数据应用研发 + 智能装备研制应用”为一体的智慧烟草农业科技创新示范孵化园，辐射带动全省乃至行业智慧烟草农业发展，加快形成以大数据、物联网、生产机械智能化等新兴技术引领的智慧烟草农业融合创新典范，有力推动企业高质量发展，形成了党建引领发展新格局。

以破解烟区不稳、烟农不稳、烟叶质量不稳等“三个不稳”为切入点，重点在烟叶生产数字化转型、烟叶生产全程机械化装备研发与智能化升级两大方向发力，构建大数据场景化应用系统，实现烟叶生产减工降本、提质增效和全过程智能化管理的目标。

用改革创新精神谋划，用责任和担当推进基层党建。近年来，红河州泸西县白水镇的桃园、巨木、红杏三个村委会构成的泸西“三元地区”是云南省烟叶主要产区之一，自 1984 年种植烤烟以来，日益猖獗的非法烟叶交易裹挟着敲诈勒索、故意伤害、非法拘禁等各种违法犯罪活动，撕裂了当地的社会和经济秩序，整治“三元”，势在必行。

公司专卖监督管理科副科长刘新欢说：“这个已经历时三十多年，经过打击、反弹、再打击、再反弹的一个怪圈，一直持续到 2016 年，在 2016 年年底，国家局、公安部就把泸西三元地区非法经营烟叶整治作为重点任务，并且挂牌督办。”

面对严峻形势和复杂局面，红河州局（公司）以党员为骨干的专卖队伍狠抓落实，在非法经营烟叶治理中持续亮剑，历经四年多的连续奋战，与公安部门合力铲除了具有较大影响力的泸西“三元地区”涉烟违法犯罪，通过“打、治、转”，成功解决了困扰云南烟草三十多年的非法经营烟叶问题，形成了“公安 + 烟草”新时代“枫桥经验”的“三元模式”。

刘新欢说：“我们党员开始带头进行法制宣传、学习法律、抵制非法烟叶经营活动，然后带头入村入户进行这种宣传，在这个过程中，我们实现了从以往进不去、动不了到现在进的去、干的成，在各级党委政府强力推动下，历时四年，实现了解决的完全、干净、彻底的目标。

“一叶总关情”，作为国有企业，红河州局（公司）始终没有忘掉自身担负的社会职责，牢记“报效国家、奉献社会”的崇高任务，系责于心、履责于行，肩负社会责任和历史使命，红河州局（公司）不断凝聚企业力量，发挥企业优势，以产业增收、基础设施建设、人居环境改善、教育帮扶等方式多措并举助力脱贫攻坚，党员带头派驻扶贫村，把时间花在村子里，把心思用在村民上，把精力聚焦在扶贫上，让党员成为“插”在帮扶村寨、田间地头的一面面“旗帜”，为乡村振兴持续发力。

公司委员会书记蒋云蕾说：“我们始终坚持以党建引领为主

要的航向，成立了以州局（公司）主要负责人为组长，其余党委委员为副组长的扶贫工作领导小组，组织了442名基层党员干部，与我们1348名贫困户结成了一对一的帮扶对子，先后派驻了32名党员干部深入基层、扎根基层、持续开展脱贫攻坚工作，可以说充分体现了扶贫挂、包到哪里，党组织的战斗堡垒作用就体现到哪里，党员先锋模范就发挥到哪里。”

党员干部是扶贫开发的关键，扶贫项目在哪里，党员就到哪里。从2015年到2020年，红河州局（公司）举全员之力及全司之智，对13个乡镇、92个村委会开展了扶贫攻坚工作。

劳动模范苏明光对于党员身份是这样理解的：“每一个党员都是党的细胞，他是党组织联系这个群体的纽带，共产党员他应当是冲锋在前的排头兵，是攻坚克难的主力军，是危机时刻的顶梁柱，还应该是人民群众的主心骨，我入党的初心就是用我所学的这个知识，来服务我的乡亲父老，让我的服务对象生活得更好、工作得更好。”

红河州局（公司）以实际行动奉献了烟草人的一片爱心，为构建和谐社会做出了应有奉献，刻画了国有企业的杰出社会形象。

弥勒市西一镇党委书记彭向前也表示西一镇也从中获益匪浅：“通过种植烟叶，我们整个西一镇一是稳定了经济发展，也就是我们在工农业生产总值、财政收入和农民人均纯收入方面都实现了稳定；二是改善了民生，通过烟区水利工程，实现了我

们整个山区供水全覆盖；三是促进了脱贫攻坚工作，让我们有1263 户、1283 人的贫困人口顺利实现了脱贫。”

党建之声，直通群众，党建之魂，引领方向。人是发展的第一要素，也是各项事业兴衰成败的关键。红河州局（公司）动员和鼓舞全体干部职工以满腔热情、富有激情、充满智慧、奋力创新的良好精神状态，紧紧围绕“抓党建从工作出发，抓工作从党建入手”的核心理念，着力塑造“智慧党建”信息化系统建设，打通了党建工作与业务工作的“任督二脉”，拉近了组织、党员和群众之间的距离，红河州局（公司）党委从夯实基础做起，循序渐进加强党的核心领导作用，把支部建到基层，做到组织严密，架构清晰，全面覆盖，实现了党政班子同体、向心、合力，锤炼了一支高素质、高能力的优秀团队。

“一花独放不是春，百家争鸣春满园。”红河州烟草专卖局（公司）经过深入厚实的“弘毅”党建文化建设，推动了公司各项工作有效开展，先后荣获“2011年度烟叶工作先进单位”“云南烟草行业先进基层党组织”“云南省最具影响力烟区”“烟草行业抗击新冠肺炎疫情先进集体”“红河州脱贫攻坚扶贫先进集体”等荣誉称号。绚烂多彩的“弘毅”之花在这盛开，使红河州局（公司）满庭生香，春意盎然。

新时代，新征程，新作为。延续着荣耀，承载着愿望，红河州烟草专卖局（公司）将不忘初心，持之以恒筑牢“弘毅”党建基础，奋力开创发展新局面，以“功成不必在我”的精神境界和“功成必定有我”的历史担当，继续前行，奋力谱写高质量发展更加出彩绚丽新篇章。

《聚焦先锋榜》栏目组提供

上海复旦基础医学院党委党支部

一百年前，中国共产党诞生于上海，身为中国共产党早期领导人之一的复旦大学校长陈望道，就曾将《共产党宣言》的信仰，从上海传播到了全国，而一百年后，复旦大学基础医学院传承红色精神，根植红色基因，积极加强党支部建设，将基层组织的战斗堡垒作用落到实处、收到实效。

4 月中旬，东安路上的复旦大学基础医院早已是满园春色，花香四溢。学院党委书记许晓茵正在做全院的党建工作部署。作为 2018 年“全国党建工作标杆院系”培育创建单位的复旦大学基础医学院党委，始终把政治建设在首位，努力构建“三线联动”、立体化的党建工作格局，把党的全面领导融入学院治理的各个环节，以一流党建思政工作引领一流基础医学院建设。

复旦大学党委副书记、基础医学院院长袁正宏是这样定义党委在学院建设中的作用的：“基础医学院党委作为‘三线联动’中的中场线，始终坚持和加强党在学院各项工作中的全面领导，

贯彻党的教育方针，充分发挥党委在立德树人、阵地管理、发展方向等重大事项中的把关定向，推动重点工作落细落实落地。”

学院党委书记许晓茵则有自己的责任：“复旦大学提出来‘三线联动’，学校党委是中心线，学院党委是中场线，各支部是生命线，我认为最重要的一个字是落在‘动’上，它是灵动的，是能够引领所有的党员发挥先锋模范作用的，就像接球一样，我把球接好、再传好。”

复旦大学基础医学院前身为上海第一医学院基础部，创建于1955 年 4 月，是中国基础医学的排头兵。这所历史长达 66 年的基础医学院，在学院党委的全面领导下，已建成 12 个在职教工党支部，3 个退休教师党支部和 10 个学生党支部，现有师生党员 400 多名。为学院学科建设、科研攻关、人才培养等夯实了坚实的基础。

党支部是党的基础组织，是党的工作和战略的基础，作为系（室）的重要组成部分。在系（室）的工作中间，党支部要发挥先锋堡垒作用，在教书育人、科研攻关方面，要能够带领党员群众攻坚克难，学院党委也要求党支部要引领党员发挥先锋模范带头作用。

2020年，对中国人而言，是不平凡的一年。面对突如其来的新冠肺炎疫情，全国人民众志成城，共同抗疫。身为基础医院病原生物学系的老党员闻玉梅院士，主动发挥先锋模范作用，争做抗疫先锋，坚持坐镇上海疫情新闻发布会，向公众传递科学防控知识，在耄耋之年依然尽心奉献。

学院教授、中国工程院院士闻玉梅是在1953年19岁的时候申请入党的："我觉得党支部是培养我的摇篮，是我坚不可摧的堡垒，我觉得我有今天，全是靠党支持培养。我觉得党支部是奋勇前进的大家庭，应该是说我回来从无到有建起这么一个实验室，那都是党和国家、学校、也是当时卫生部支持我做的一个重点实验室。"

心中有党，人生才有方向，87岁的闻玉梅在党的多年培养与支持下，为微生物医学发展做出了巨大贡献。时至今日，她不论是在教学中，还是在科研上，始终坚持为人民服务为宗旨，积极发挥党员先锋模范作用。特别是在此次疫情防控中，闻玉梅院士也为整个党支部树立起了一面旗帜。

新冠疫情到来后，学院病原生物学系成了前沿阵地，系党支部的党员充分发挥了党员的先锋模范带头作用。在这个过程中，支部为党员们提供了重要的保障，为他们提供精神上的支持，使得党员在努力践行自己的使命的时候，充满责任感、荣誉感。

一个党员一面旗帜，一个支部一个堡垒，这是基础医学院党委的党建工作重点，把党员带头模范作用和支部战斗堡垒作用，充分融入教书育人当中。

83岁的姚泰，是原上海医科大学校长，也是基础医学院生理与病理生理系教授。如今，他已退休多年，但每天还在为系里的统编教材忙碌着。多年来，身为一名老党员，姚泰始终严格要求自己，不断挑起中国生理学发展的重责。

姚泰说："从我们这个系来讲，到现在为止，做主编的都是党员，最先是徐丰彦，后来是张镜如，张镜如退休以后，他把这个交给我了。我后来年纪大退了以后，我就交给下面一个朱大年，他也是党员，党员之所以起作用就是他的责任心。"

如今基础医学院生理与病理生理学系党支部也把红色基因传承下来，接过了老一辈的接力棒，支部也开展了一系列的"三全育人"系列的教书育人的主题活动，从这项活动中党员也深深体会到自己身上的责任和担当，党员在教书育人、科研、学科以及发展中都起到了先锋模范带头作用，这也就是党员心有所信，方

能远行，在群众中树立了一面旗帜和一个榜样，让群众也相信党员能够走在前面。

薪火相传，究竟传的是什么？基础医学院生理与病理生理学系的这些党员老师，给出了我们很好的答案。这就是传承老一辈教师党员勇于担当、不负使命的精神，只有这样代代相传，中国的生理学才能实现长足发展。

系史讲解，人体解剖与组织胚胎学系党支部书记李文生曾经为学生和社会大众讲过很多次。但是今天，他的观众却是整个人体解剖与组织胚胎学系支部的党员教师们。在李文生看来，只有利用好人体科学馆这个科普教育基地，才能不断激发广大教师党员干事业的激情。

2018 年，被国家教育部评为高校“双带头人”教师党支部工作室负责人的李文生，既是党建的带头人，也是学科带头人。多年来，在他的带领下，整个系（室）不论是在教学上、科研上，以及社会服务上，充分发挥了“双带头人”支部的战斗堡垒作用。

学院党委书记许晓茵对“双带头人”是这样理解的：“就是党建和业务双带头，双促进。我们在设计机制的时候，做到了行政和党务 100% 的交叉任职。也就是说，如果这个支部书记学科也做得非常好，他自然就是我们的系主任，这样意味着他既能抓学科发展、抓队伍建设，也能抓基层党建，也能抓住师生的心，所以我想这个机制的设计是真正把党员的力量融入到了师生当

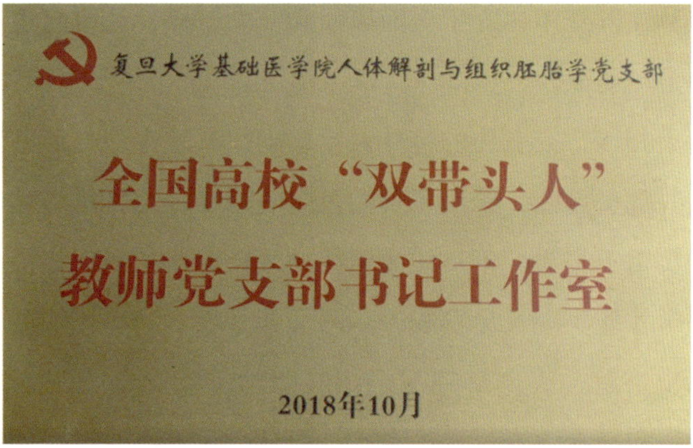

中，使得我们的队伍能够得到很好的发展。”

李文生也积极响应学院的号召：“我们基础医学院的 12 个在职教工党支部书记都是按照‘双带头人’进行培养，他们有的担任系主任，有的担任副系主任，那么，在相关的教学科研和人才培养上发挥了主力军的作用。”

如何进一步加强党支部建设，发挥战斗堡垒作用，基础医学各系教工支部已经有了探索、有了创新，他们开创的支部书记行政业务一肩挑的新模式，既能提升教学水平，也能增强支部组织能力。

如果说教工支部建设有特色的话，那么，基础医学院的学生党支部就更加具有活力。

这些学生都是疫情发生后基础医学院学生党总支发展的新党员。在庄重的党旗下，在正义的誓词中，他们宣读的每一句入党誓词，都将成为对自己的一种鞭策与激励。自2007年成立学生党总支以来，学院下设10个学生党支部，3个本科生党支部、7个研究生党支部和6个师生联合党支部下设的研究生党小组，目前学生党员共计279人。

学院党委副书记张镭对发展学生党支部是很有心得的："我们学生党总支非常重视学生的实践育人这个工作，我们一直重视加强对学生实践教育的指导和开拓，我们要求学生是在实践中学有所思，思有所行，行有所成。要学有所思，我们就要一直秉承老院长'正谊明道，严谨厚实'的上医精神，去做一个传承者，做一个发扬者。"

坚持立德树人，通过党建长效教育机制，发挥学生党员模范带头作用，让学生党员在党的教育之下，能够更好地为社会大众服务。

现如今，从病原生物学系的疫情防控，到生理与病理生理学系的统编教材；从人体解剖与组织胚胎学系的"双带头人"支部建设，到生物化学与分子生物学系的党员挂职服务奉献，再到学生辅导员远赴云南永平县担任驻村第一书记，开展党建扶贫工作，为脱贫摘帽迈向乡村振兴做出积极贡献。几十年来，复旦大学基础医学院基层党支部始终按照"一支一品"的建设思路，充分发

学生党员服务示范岗
党员实践岗

挥着“生命线”作用。不忘初心、牢记使命，从党的历史中，汲取前行力量，用坚定信仰，来迎接建党百年华诞。对此，学院院长袁正宏表示：“今年是中国共产党成立 100 周年，我们要在原有的基础上加快建设步伐，追求卓越，引领一流，要做复旦上医双一流建设的排头兵，争做全国基础医学的引领者。各党支部广大党员要进一步发挥战斗堡垒和先锋模范作用，以高质量党建引领，保障高质量发展，以优异成绩献礼党的百年华诞。”

“心有所信、方能行远”，就要始终坚持“为党育人、为国育才”，培养担当民族复兴大任的时代新人、培养社会主义建设者和接班人。“心有所信、方能行远”，就要赓续百年红色基因，努力建设“中国特色世界一流”大学。“心有所信、方能行远”，就要永远保持奋斗姿态，不断把我国基础医学教育事业推向前行。

北京理工大学党委党支部

党的十九大报告从党和国家事业发展全局出发，提出了新时代党的建设总要求，对坚定不移全面从严治党作出了新部署。高校党支部是新时代高校党组织展示形象的窗口，对党员有着引领示范的作用；更是把党的路线方针政策落实到高校基层的战斗堡垒，是党团结和联系广大师生的桥梁纽带。如何顺应时代发展，做好新时代高校党支部建设工作考验着高校管理者的智慧。

如何建设，北京理工大学组织部常务副部长李德煌是这样理解的："高校党建工作具有长期性的特点。党建工作必须要坚持久久为功，高校是培养人才，人才培养'十年树木，百年树人'，高校的党建工作更是如此；近年来我们北理工凝练打造了'党群零距离'，'五个三比'，'五色'组织生活，一党委一品牌，一支部一活动，以及党建扎根工程，等等这样一些具有鲜明特色，又结合学校实际的基层党建的工作品牌。坚持以品牌来作为引领，以品牌来作为示范带动，也起到了一个非常好的效果；我

北京理工大學
BEIJING INSTITUTE
OF TECHNOLOGY

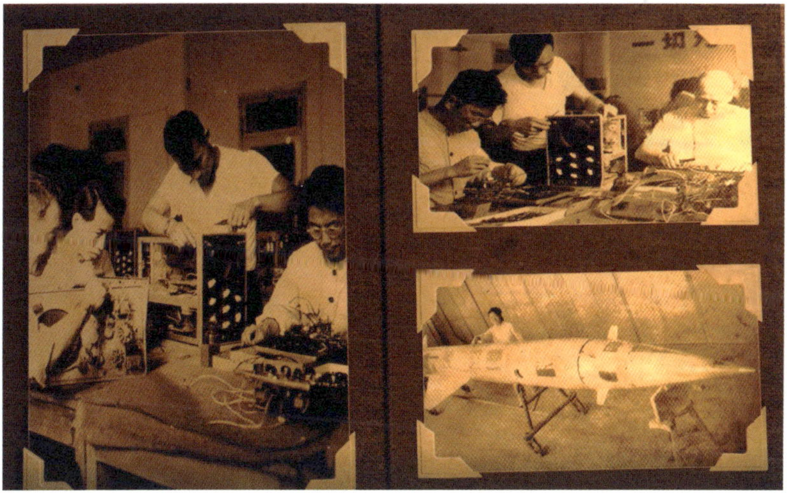

们学校党建工作应该说近年来是取得了突出的成效，信息与电子学院也获得了全国高校党建工作的标杆学院这样一个荣誉。全国只有 100 所高校的院系获得这样一个荣誉。”

北京理工大学电子与信息学院，是我国首批从事雷达、遥控遥测领域科研与专业人才培养的单位之一。中国第一套电视发射接收设备、中国电视第一频道、中国第一部低空测高雷达，等等成果无不镌刻着电子与信息学院辉煌的历史。

信息与电子学院党委书记薛正辉介绍：“信息电子学院它始于中国地方高校建立的第一个雷达设计制造专业；当时中国第一所国防工业院校——北京工业学院当中，建立的第一批国防特色专业；从一开始成立，它就是典型的军工特色为主要特征的专业。军工的印记一直在我们身上。从 1953 年建立专业之后，1956 年成立了当时的无线电工程系，在 1971 年无线电工程系就改名为电子工程系。在之后经历了 2003 年学校组建信息科学技术学院，再到 2008 年单独成立信息与电子学院，发展到今天，它一直是以浓厚的国防的这样一个特色为主要特征的。”

我国高校是党领导下的高校、是中国特色社会主义高校，肩负着为党育人、为国育才的重大职责使命，高校党支部在整个党建工作中具有特殊的地位和作用。习近平总书记曾多次强调：“加强党对高校的领导，加强和改进高校党的建设，是办好中国特色社会主义大学的根本保证。”办学过程中，信息与电子学院全面贯彻党的教育方针，始终坚持立德树人的根本任务，不断在传承延安精神和国防军工特色中赓续奋进，让红色基因薪火相传。

薛正辉介绍说：“据我们现在看到的院史，1953 年专业成立的时候，已经成立了党支部，党支部与学院的发展一直是同步的；围绕着中心工作抓党建，一直是我们工作开展的主要的思路，因此在我们学院在人才培养、科学研究、社会服务、国际交流合作等各个方面，都充分发挥了党支部的带动作用。”

北京理工大学信息与电子学院现有党支部 42 个，其中教工党支部 12 个，学生党支部 30 个。教职工党员和学生党员 1058 人，是学校党员人数最多的基层党组织之一。

长期以来，学院认真贯彻新时代党建的总要求，把党的政治建设摆在首位，把党的领导、党的建设贯穿办学治院全过程，着力推进政治建设、组织建设、思想建设、作风建设和纪律建设，制度建设贯穿其中，以高质量党建促进学院的一流学科建设。

务实的工作，生动的活动，不但赢得了“全国党建双创工作‘标杆院系’建设单位”和“北京理工大学先进党组织”的荣誉，还涌现出以全国党建工作样板支部为代表的优秀基层党组织。

信息与电子学院院长安建平介绍说：“我们一直是把党建和业务融在一起来做的。这些年我们涌现出了一批先进的集体，比如说我们有黄大年的全国教学团队，还有我们全国的教育优秀的集体，还有我们北京市的先进的集体。在个人方面，涌现出毛二

可院士、王岳院士。当然还有一批中青年的教师代表，龙腾教授、现在也是我们副校长，还有吴嗣亮教授，吴思亮教授获得了我们国家的发明一等奖。”

虽然架构庞大，人员众多，但学院的党支部工作始终开展得有条不紊、有声有色。为进一步加快基层党建促学风、党支部深入对接工作的进程，推进党建工作室建设，信息与电子学院雷达技术研究所与航天电子技术研究所教工党支部，以及研究生雷达第一、第六学生支部，在党员之家联合开展以“师情学意”为主题的共建感恩传承活动，既是一次时事热点的研讨会、一次学科专业的交流会，也是一次支部建设经验的交流会、一次感恩传承主题的生活会。

学院也在筹建思政工作室，思政工作室主要的职能是面向教师和学生两个群体推进思想政治工作。教师群体来讲，是爱岗敬业、“四个引路人”“四个好老师”的相关活动。对于学生群体来讲，就是“担复兴大任、做时代新人”，在这两个方面思政工作室充分发挥了了解政策、把政策转化成学院实际的措施，同时检验这些措施的执行效果。

为了夯实党务工作队伍，学院党委还实施了教师、党支部书记“双带头人”培育工程，这项工程是将教工党支部书记吸纳到党委理论学习中心组，并定期组织教工支部书记参加轮训，建设“双带头人”支部书记工作室，由符合“双带头人”条件的党支部书记作为负责人主持开展工作。

学院党委书记薛正辉介绍说：“现在我们的党支部与我们的行政单位是平行设置的，我们信息学院下面的各个基层的研究所都平行设置了相应的党支部，那么党支部的负责人也是所里面的行政的负责人，我们讲叫作“双带头人”，因此党支部能够在我们各个基层研究所的学科建设、人才培养、科学研究各个方面，都能够起到政治把关的作用。同时能够以党支部发动党员作为积极分子，在整个的工作当中起到带头模范作用。”

为进一步加强对学生党支部建设的指导工作，学院党委还在

30 个学生党支部中，实施了党建导师制。学生党支部聘请教授党员担任党建导师，充分发挥党建导师的时政敏感度，共同制定、探讨支部组织生活会及专题党课等活动的开展主题及形式。党建导师制自开展以来，逐步成为学院“一党委一品牌”党建工作的一张名片，开拓了高校党建的新思路。在开展“不忘初心、牢记使命”主题教育中，学院信息安全与对抗信息安全与对抗研究所教工党支部、信息安全与对抗研究生第三党支部、睿信书院本科生党支部三个支部发挥党建导师引导作用，开展了以激励青年学生爱国奋进为目标的共建活动。

学院党委书记薛正辉说：“30 个学生支部当中，每一个学生党支部我们都安排相关学科领域的专家教授，以及学院的领导班子的领导，作为党建导师参与到学生支部的建设当中去。一方面以学生这种青春的活力，来提出来党建的新做法、新的东西，供教授们结合自己的工作融入自己工作当中去。另一方面也发挥专家教授、领导干部在党建的主题、在中央精神的理解方面，能够很好地引导学生支部的活动朝着正确的方向去走，实现了教师和学生互相地促进。”

优秀的党支部是优秀团队前进的政治核心和战斗堡垒。作为全国党建样板支部的雷达技术研究所党支部，就是这样一支优秀的队伍。这支队伍不但为我国国防科技工业培养了以樊邦奎院士、王沙飞院士为代表的众多高科技人才。还在学校历届领导的关怀和指导下、在“全国优秀共产党员”毛二可院士的带领下，围绕雷达电子技术，在航空、航天、导航、制导等诸多领域取得了一系列科研成果，完成了多项全国第一的科研任务。

学院雷达技术研究所党支部书记杨小鹏说：“因为我们教工党支部有它这个特殊性，平时大家科研任务、教学任务也比较多，怎么调动大家的积极性投入到党支部的活动中来、党支部的建设中来，我们就说创新形式，比如说灵活安排支部活动的时间，2019 年 8 月，我们党支部有四位党员去欧洲参加雷达国际会议，当时赶不上我们党支部的集中学习，当时就提出用线上线下相结

合的方式，有四位党员在线上参加参与讨论，这个比我们去年广泛推行的线上线下相结合这个形式要早了一年多。”

高校党支部是高校党组织的最基本单位，在高校党建工作中占有十分重要的地位。高校是研究、创造、传播知识的重要场所，同时也是对青年学生成长实施重要影响的场所。多年来，北京理工大学电子与信息学院通过对党建工作标杆院系的建设，不但使学院成为了高质量党建和高质量事业发展齐头并进的模范学院，也为我国电子信息技术创新科技领域输送了大量政治素养高、业务能力强的高层次骨干人才。

研究所党支部党员毛二可院士也对学校和学生的状态很满意：“我们学校是北京理工大学，国家给的任务就是为国防工业培养科学技术人才；我自己觉得现在的学生学习效率和积极性这些方面还都是比较好的。大家都是一心向好，而且这个专业大家也都是满怀信心，也比较热爱自己的专业；你对专业有很大的兴趣，觉得干的就很有意思，将来意义也很大，那你就学习就有就积极性了。”

“好奇、想象、创造”，代表的是北京理工大学严谨求实的科研态度和求实的精神，特别是对未知前沿充满无限的好奇；“学以精工”，这是学校的校训，也是需要发扬的北理特色，服务国家的精神。北京理工大学希望能追寻真理，为国家的发展、为国家的安全做出应有的贡献，这是“十四五”规划和国家长远远景，也是北京理工大学对党的 100 周年的献礼。

《聚焦先锋榜》栏目组提供

山西师范大学 236 党支部

山西师范大学有一个党支部，它先后获得了教育部首批“全国党建工作样板支部”、第二届全国高校“两学一做”支部风采展示活动学生党支部十大“推荐展示精品成果”等国家级荣誉，这个党支部就是响亮全国的 236 党支部。236 党支部所在的物理与信息工程学院党委也获得了教育部第二批“全国党建工作标杆院系”荣誉称号，入选了教育部第二批高校思想政治工作精品项目。那么 236 党支部这个响亮的名称是怎么来的呢？

2007 年，在学生党员郭学玲的带领下，236 宿舍 8 名女生成立了“236 爱心基金”，并很快发展为一个爱心社团。在物理与信息工程学院党委的支持下，“支部 + 社团”党建新模式的构建，使 236 党支部逐渐成为山西师范大学党建和思想政治工作一道亮丽风景线，走向了成为全国知名党建品牌之路。

2014 年院党委提出了用党建引领社团发展，然后还开启了 236 导体工程的特色党建项目，依托这个项目，山西师大物信学

院第一学生党支部与“236 爱心社”开启了“支部 + 社团”的融合共建新模式。

山西师范大学物理与信息工程学院 236 党支部，始终坚持以新时代中国特色社会主义思想为指导，充分发挥党在大学教育中的重要作用，发挥党支部的战斗堡垒作用和党员的先锋模范作用，着力打造 236 支部“支部 +”的基层党建工作新模式，不断推动新时代高校基层党建工作质量全面提升，成为党建引领学校思想

教育的典型代表。

支部注重对党员的教育和培养，长期开展“做最美信仰坚定者”系列活动和“初心教育”的系列活动。

236 党支部始终围绕大学生“信仰教育、爱心奉献和矢志成才”三大主题，带动了全校数万名师生参与到党建工作中。党员带头做奉献，形成“一张纸一份爱”“情系红丝带”“爱心义演”“梦想助学金”“梦想书屋”“烛光行动”“公益论坛”等 13 个特色项目，4 个校外实践基地，7 座“梦想书屋”，长期帮扶 11 所中小学，发放“梦想助学金”及各类资助 20 多万元，受助人群达 1 万多人，在全国产生了广泛的影响。

2021 年 3 月 17 日，236 党支部在大宁县的三多中心小学梦想书屋开展了爱心助学活动。一大早，天还没有完全亮，236 支部的成员就开始整理捐助的物资。他们之所以这么早到学校，是因为他们要去的三多小学地处偏远山区，开车需要两个多小时才能到达。一路上经过两个多小时的车程，236 党支部的成员终于来到了三多小学，学生和教职员工早已等候在操场上。

在举行了一个隆重而简短的捐赠仪式后，236 党支部的学生们与孩子们共同读书做游戏，他们还专门给孩子们上了一堂党史课，把党的知识融入学生幼小的心灵当中。

三多中心小学校长房红京很是感谢 236 党支部的党员们：“236 党支部这些党员们每次过来，我心里都有一份感动存在。因为去年的时候，我发现他们虽然是党员，但他们还是学生，跟我女儿一般大，在我的眼里他们也就是孩子，但是他们的这种为爱奉献的精神，确实值得我们学习。”

学校的孩子们对 236 党支部的哥哥姐姐们很熟悉，也很信赖。他们在一起的时候，可以看到孩子们对他们依依不舍的神情。

学院团委负责人马丽娜解释当时建立梦想书屋的初衷：“我们是 2014 年响应习总书记提出来精准扶贫，我们学院党委提出

来要精准教育扶贫，当时就选择了三多小学，我们现在目前为止建立了七座梦想书屋，当时建在大宁县三多小学建这个梦想书屋的时候，是我们建的第三座梦想书屋。”

“做最美信仰坚定者”是236党支部全体党员的自觉追求，在习近平新时代中国特色社会主义思想的引领下，他们积极开展各类“信仰”“初心”主题教育实践活动，并通过各类“党员先锋岗”，实现了党员学生“亮标准、亮身份、亮承诺”，用实际行动践行着“全心全意为人民服务”的宗旨，始终发挥一名党员的榜样示范作用，涌现了一大批优秀的党员。最美志愿者王涛就是其中的一位。

王涛说："我们青年大学生就应该多去做一些志愿服务活动。在这种志愿服务过程中帮助别人、奉献自己。我毕业那一年，学校有一个机会可以去西藏墨脱县去支教。"作为 236 党支部的一员，王涛义无反顾地选择去西藏墨脱支教。他被分配到墨脱县完全小学，教一年级的数学。刚过去的时候，由于大部分是少数民族，学生们汉语听得很少，有的就听不懂汉语。

在这种情况下，王涛觉得："我怕他跟不上。哪怕他听不懂，也会让会说一些汉语的班长给他翻译一下，我总会想办法去解决这个问题。可喜的是这些孩子他的学习能力很强，很快就能听懂汉语了。"他在支教的过程中，为了提高他所在学校的孩子们的学习兴趣，也费尽了心思。

王涛想：“‘236 爱心社’其实是它有很多的亮点，我能做的正好是以一个支教老师的身份，在那边开展一些物理实验，或者展示一些东西，我就跟当地的校长和教育局的局长沟通了一下，举办了一次科技节的活动。经过这一个月的准备，在 2017 年 12 月的时候，在学校里举办了一个科技节，首届科技节活动反响挺好的。”

王涛在墨脱的支教，不但锻炼了自己，开创了所在学校的科技节活动，也和学校的孩子们结下了深厚的友谊，成了一名最美

志愿者。

236党支部的“情系红丝带”活动也涌现出了一批无私奉献的党员志愿者。临汾红丝带学校，是由2016年度感动中国人物的郭小平校长为艾滋病儿童组建。236党支部的志愿者们是最早进入学校的一批志愿者。王银生第一次到红丝带学校给学生们上实验课时发现，学校的实验设备比较缺乏，于是他下决心为学校完善实验设备。经过半年的努力，筹集来5000元的公益基金，然后把这些公益基金分成两笔，先买了一批实验器材，后期想着他们如果是还需要什么，再为他们补充一些实验器材。虽然这个过程还是挺辛苦，但是王银生想，要是能在每周为他们开展一些实验课，让他们用到为他们筹集到的实验器材，就感觉我们这些志愿者干的工作还是非常值得的。

在236党支部的号召带动下，大学毕业时已有4名宿舍成员加入了中国共产党，成为了共产党员。另外4人也积极向党组织靠拢，成为了入党积极分子，宿舍成员多次获得国家励志奖学金，荣获多种国家级、校级荣誉。

在236党支部的榜样作用下，学院的学生积极参加各种公益活动，努力做好本职工作，取得了优异的学习成绩，学院在国家级的学科竞赛中取得了优异的成绩。

236党支部党员安娜在活动过程中也深受影响：“236党员他们也经常活跃在爱心奉献志愿者活动和学科竞赛中。从中我深刻地感受到了236党支部人他们所具有的艰苦奋斗的精神、传递爱心的精神，也希望更多的人能够成为236党支部的一员，去传递、去奉献，去影响更多的人。”

236党支部的党员由于品学兼优，很多都被保送到国内知名学校继续深造，王京京就是其中的一位，她以优异的成绩被推免到北京航空航天大学。王京京就很有感触：“因为有党支部对我的帮助，让我提高、让我进步，还给了我现在这样的成绩，我真的非常的感激，也认为自己非常的幸运。我也希望我们236党支部可以越来越好，越来越能帮助到更多的人。将来我要是去了研究生学校，我也会把这种精神传递下去。”

山西师范大学始终把党的领导作为学校党建工作的出发点和落脚点，学校一方面抓好各种教学工作，另一方面还充分发挥党支部在学校的先锋带头作用，成为中国教育领域党建先锋模范单位。以236党支部为典型的学生党建工作，为中国教育领域的党建工作探索出了一条积极发展之路。

支部宣传委员刘一剑是这样认知的：“我在236党支部的这些日子，让我知道我是一名党员，身上要有使命担当。我准备在毕业后做一名教师，把236精神带出去，在教师岗位上把自己的工作做好，为社会培养更多的人才，也为祖国的发展做出自己的贡献。”

山西师范大学深入贯彻落实习近平新时代中国特色社会主义

思想，落实新时代党的建设总要求，践行新时代党的组织路线，把党的政治建设摆在首位，实施好“不忘初心、牢记使命”主题教育和“党史学习”教育，以提升组织力为重点，扎实推进学校基层党建工作，创新高校党建模式，不断提升新时代基层党组织建设质量，打造出中国教育领域的党建新标杆，培育出了响亮全国的 236 党支部。

《聚焦先锋榜》栏目组提供

四川成都核工业 416 医院党委党支部

铮铮誓言，“还是从前那个少年”，核工业 416 医院的这些党员和无数共产党人一样，初心不改，忠诚奉献，用实际行动攀登核医学事业的一座又一座珠穆朗玛高峰。

核工业 416 医院是中国核工业集团有限公司在西南地区的一所集医疗、教学、科研、预防保健为一体的三级甲等综合性非营利性医院。医院的成长蜕变伴随着我国核工业的发展，医院有 100 余年办医历史，百年建院文化底蕴深厚。1911 年，清末状元、著名的实业家张謇创建了苏州医学院，1959 年苏州医学院创办了苏州医学院附二院，这便是核工业 416 医院的前身。

党委书记朱军是这样介绍医院的：“核工业 416 医院是核工业集团下属的一家公立医院，应国家三线建设的要求，1969 年从苏州集体迁至四川省内江市，为核工业以及军工战线的军民服务。1989 年由于国家建设中心的转移，迁至四川省成都市，目前已经有 63 年的历史。核工业 416 医院迁至内江以后，当时名

字叫西南 416 医院，在 1982 年成立西南 416 医院党委，目前院党委有 15 个党支部，有 406 名中共党员。”

多年来在党建引领下，特别是 2015 年成为成都医学院第二附属医院后，核工业 416 医院实现历史性突破，迈向高质量跨越式发展。

医院在党建引领下有了长足的发展，无论是在科研、教学、临床方面，成为了成都医学院第二临床医学院，也在中核集团菁英人才奖当中脱颖而出。在极不平凡的 2020 年，抗疫斗争中有 17 名援鄂队员成立临时党支部以及青年突击队，为战胜疫情做出了贡献。根据“党建带团建、带群建”的相关要求，广泛开展群团工作，志愿者活动连续获得国家志愿者协会颁发的年度金奖，同时在 2021 年获得了共青团中央颁布的“全国五四红旗团委”

称号。

作为核工业国有企业要履行企业社会责任，作为公立医院要履行公益责任，这是核工业416医院的底色担当。党建与业务的同频共振，引领着核工业416医院在我国核技术医学应用方面的高质量发展。

医院核技术发展主要是按照“5+1”的思路来进行。“5”指的核医学科、肿瘤科、肿瘤放疗中心、核应激医学中心、职业病科和核应急医学救援，这是医院核的特色“5”；“1”指的就是GCP，就是国家药物临床实验基地。

目前主要开展的特色专科医疗技术有十几项，其中核医学专科门诊量位居全国第一位、“甲亢碘-131”治疗量位居全国第一位、核素显像量位居全国前10名。

医院院长江志强介绍说：“我们医院核医学科建科比较早，核医学科的专科特色在于甲状腺专科疾病的诊治，主要是在甲亢和甲癌方面，核医学科学的甲状腺门诊量每年有将近十万的就诊人次，也是全中国乃至全世界最大的一个就诊量，每年我们做SPECT检查也有两万多例，这在全中国都是一个比较大的数据量，专科专病的特色优势非常明显，这个也是响应我们集团公司做核技术应用的特色发展。”

核工业416医院核医学科成立于1989年，32年来致力于甲状腺和甲状腺相关性疾病的临床与科研，以规范化的治疗方案、

辐射范围广阔及治疗患者数目庞大享誉国内，2017 年成为四川省甲级重点专科，在四川省核医学业内排名靠前。2018 年核医学科成为国内核医学专业内为数不多的国家药物临床实验基地（GCP），为靶向药物在甲状腺疾病中的开展及新型放射性核素的研发打下良好基础。

医院核医学科主任史育红对于自家的独门绝技了然于胸："我们医院在'碘 -131'治疗方面有什么独到之处呢？我觉得首先来说，在我们科室成立之初对'碘 -131'治疗就有一个明确的规划，在国内首创了'碘 -131'治疗甲状腺疾病的标准化流程。其次，首创了一个标准化的核素内照射患者的管理数据库。再次，就是加强患者的随访。"

规范引领创先河，如今核医学科再一次出发，用更先进的医疗技术和更优质的医疗服务践行“健康中国”理念，为人民群众提供全方位、全周期的健康服务。2021 年 4 月 23 日，核工业 416 医院 PET-CT 分子影像中心顺利通过各相关部门验收，正式投入临床运行。这项目前最先进、最成熟的分子影像诊断技术的运用，意味着核工业 416 医院在核技术医学应用方面又迈上了新的征程。

据核医学科主任史育红介绍：“我们核医学最重要的特点就是活体无创检查身体的一些病理、生理变化。肿瘤最重要的一个特点就是肿瘤的异质性，同样是肺癌，它的分子病理是不一样的，它的基因突变也是不一样的，而这些用常规的活检技术是很难获取信息的。”

患者李高奇就从中受益匪浅：“我是来成都出差的，路过的时候看到这个医院开了一个新的 PET-CT 的检查，像以前价格都特别高的，所以不敢做这个检查、不敢去了解，这边正好有优惠，我就过来预约做个检查、做个体检。检查没有什么太大影响，并且还对一些疾病的提前发现有益，都挺好的。”

为大力发展核特色医疗产业，加快推进我国医疗装备产业高质量发展，保障人民日益增长的健康需要，核工业 416 医院积极建设、申报工业和信息化部、国家卫生健康委员会“先进医疗装备示范项目”，按照中核集团医疗总部战略定位和目标，在西南地区实施以核工业416医院和成都分公司为基础的“双核发展”，建设“中核医疗西南精准肿瘤放疗中心”，经过建设，2021年核工业416医院放疗中心正式开诊。

肿瘤科主任付波介绍：“我们放疗中心是2015年进行规划、基建，2019年基本完工，目前我们是位于第三住院部的地下二层，占地面积大概是1650平方米，我们修有两个（直线）加速器机房，还有后装机房，热疗室，以及其他定位的机房，目前到位的机器有一台直线加速器，可以对各种肿瘤进行一些常规的放疗，一些调强放疗和一些图像引导的放疗。另外我们还有一台后装治疗机。放射治疗在肿瘤治疗里面是非常重要的一个手段，我们估计70%的肿瘤患者都需要做放疗，放疗它效果好、副作用不大，大多数的人经过放疗以后肿瘤都能得到比较好的控制。”

核工业416医院核应急医学救援分队是国家第一批13支核应急医疗救治分队之一，2013年成为国家级核应急技术支持中心成员单位。分队共有60名受过训练的队员，可以满足国家核应急办要求的30人整编出动，执行核应急现场医学救援任务的要求。

核应急办主任王敏介绍：“通过两期的项目建设，分队已初步具备了快速反应，迅速救援的医学救援能力，并在2020年由四川省卫生健康委正式授牌授旗，成为四川核与辐射医学救援队。核的安全是国家安全，也就是说它的重要性更大，政治地位更加

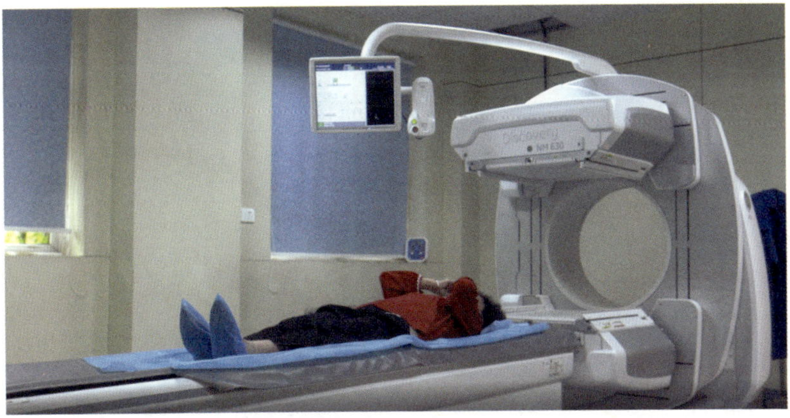

得高。而就在核事故应急救援这一块，不光是从业人员，或者是做这项工作的人，全国都是非常少的。我们这支队伍的亮点就在核应急上面。核应急重要的两个步骤，一是去污洗消，二是辐射检测，一般应急队伍是不会具备这样能力的。”

核工业 416 医院党建引领下的高质量发展中，在核技术医学应用方面，不论是人才的储备，还是设施设备的储备，还是产类的储备，以及一些管理机制的创新，都集中全院力量，极力地往这些方向去倾斜、给予支持。

在全国放疗、医疗方面有着很高学术地位的苏州大学，医院从那儿引进了知名的专家、学者，在医院进行临床工作和科技研发，张舒羽教授、李静怡教授、余道江教授都是医院的高质量

人才。

近年来，成都医学院第二附属医院·核工业416医院一直以“研究型医院”为目标，以“科技兴院”战略为抓手，以“科学研究”为突破点，大力发展学科建设和人才队伍建设。2020年，该院整形烧伤科余道江主任荣获国家自然科学基金面上项目资助，实现该院国自然立项历史性零的突破，为进一步提升学科建设、人才培养和科学研究水平起到了积极推动作用。

整形烧伤外科主任余道江介绍：“整形外科有一个病种叫疤痕，尤其疤痕疙瘩非常难治疗的，我们的技术在这块的应用效果是非常好的，我们科的一个重点工作是进行临床经验的总结，或者是科研的一个研发，另一个是放射性损伤的治疗。也就是说我们整形外科还承担着为核工业人的健康进行保障的任务，为他们保驾护航，让他们核领域冲锋陷阵，为他们做好最基本的健康保障，比如辐射损伤这一块，我们科的两大任务，一是应用，二是防治，或者说核辐射损伤防护这一块，是我们的两大特色与任务。”

患者付召芹是山东临沂的，以前在淄博工作，这干活的时候被辐射烧伤，烧伤之后去了苏州，余主任为她治疗，初步治疗之后回家，待了半年又跟着余主任到四川这边来治疗。付召芹说：“一个人来到四川，主治医生对我也很好，治疗的也很好，医护人员对我也很好，非常感谢他们。”

党建是抓手，党建强、业务兴，如今核工业 416 医院正在党建引领下，稳步推动核技术医学飞跃发展，这是他们不变的初心，更是他们坚守的动力。

《聚焦先锋榜》栏目组提供

广西南宁市第四人民医院党委党支部

2020年9月8日上午全国抗击新冠肺炎疫情表彰大会在北京人民大会堂隆重举行，南宁市第四人民医院党委被授予“全国抗击新冠肺炎疫情先进集体”和“全国先进基层党组织”荣誉称号，这是南宁市唯一获颁两项殊荣的医疗单位。

荣誉的桂冠，都是由荆棘编织而成，通向荣誉的路上，并不是一路坦途和鲜花！

1959年南宁市爆发大流感，2万多人发病。广西壮族自治区卫生厅开始筹建南宁传染病医院。1972年，南宁市传染病医院正式更名为南宁市第四人民医院。近年来，四院加快建设发展步伐，不断增强医院党建工作的科学化水平，秉承“为生命站岗”的核心价值观，构建“七彩党建”品牌，将党建作为引领各项工作的鲜明旗帜，不断深耕党建与业务工作互促融合，医院发展成了在全国传染病领域具有一定影响力的三级甲等传染病专科医院。

南宁市第四人民医院原党委书记兰江介绍，南宁市传染病医院党组织在 1962 年 3 月成立党支部，只有 9 名党员。1994 年党员发展到了 68 名，上级批准他们成立党总支，到了 1998 年党员发展到 106 个，上级党委批准他们成立党委，当时有 8 个支部。

截至 2020 年，全院已拥有 323 名党员。每天工作在隔离收治传染病的第一线，医务人员经常有职业暴露的风险。但在党员先锋模范引领下，他们无畏地履行作为一名医务人员的职责，创造了一个又一个生命奇迹。

南宁市第四人民医院党委书记吴锋耀是 2008 年年底任院长的，当时不论从业务指标也好，收入也好，医院都是倒数的。他刚来当院长的时候，正好有传染病疫情，媒体来采访，他们很多主任、专家、医生、护士长，不敢接受采访，不敢说自己是四院的人，为什么呢？因为没有自信，认为只要说自己是四院的，是传染病医院，感觉人家用看传染病病人眼光来看他。

改变，从新做起，从心开始。2009年年初，院领导班子通过深入调研、深刻剖析、科学决策，决定在党建引领下传承医院传统文化，提出追求非对称文化优势，以文化建设为踏板，走文化引领的发展道路。院歌、院徽、院旗、核心价值观、院树、院花等文化元素相继诞生和启用，以“为生命站岗”核心价值观为主导的传染病医院特色文化体系成功建立。

通过文化带动，医院为患者提供人性化服务，对职工实行人性化管理。医院定期开展人文医学全员培训，建立广西首家“白求恩精神教育”基地，建设南丁格尔广场和张仲景展园，由内而外塑造职工文化思想。首创女职工产假延长至一年的哺乳假，开设“七彩之声”音乐角，开设暑期幼儿托管班，实施危旧房改造项目，为职工提供“温馨家园”等。医院志愿服务队荣获首届全国卫生健康行业青年志愿者服务项目大赛铜奖，医院荣获“四星级绿色环保医院”“全国改善医疗服务示范医院”“全国人文爱心医院”等称号。

院领导班子集思广益，寻求突破，以文化为抓手提出坚持做三件事情，第一件事情就是坚持党的领导下的政治站位，打造文化品牌。第二个培育先锋模范品牌。第三个就是坚持“又红又专”的技术品牌，“红”是政治，“专”是技术。

医院党建引领下的先模品牌，从医疗服务、行政管理和医疗技术层面先后培育出“抗艾先锋”杜丽群、“刀尖勇士”邓建宁、“优秀扶贫第一书记”杨修凯等一批先进党员模范，在职工中起到了良好的示范作用。

在艾滋病科建立之初，由于大家对艾滋病缺乏认识和了解，也恐惧，很多护士都不太愿意从事艾滋病护理工作。面对医院人才缺乏的困境，南宁市第四人民医院艾滋病科大科护士长杜丽群身先士卒。她是2003年年底入的党，因为她是党员，她觉得在

遇到困难的时候，不应该退缩。杜丽群带领团队克服了无数困难，创建了广西首支艾滋病专业护理团队，参与指导护理艾滋病患者1万多人次、服务使用艾滋病抗病毒药物患者近5000人，使艾滋病入院死亡率由12%降至4%，帮助100多位艾滋病母亲通过母婴阻断技术生育了健康的孩子，建立“温馨病房”和创建“红丝带中心”，让艾滋病病人、家属感受到社会的温暖和关爱，重新燃起生活希望。

杜丽群以共产党员的担当，成为了艾滋病防治战线上一面鲜红的旗帜。她先后获得“全国五一劳动奖章”“全国三八红旗手”“全国民族团结进步模范个人”“全国先进工作者”“第45届南丁格尔奖”“全国优秀共产党员”“全国三八红旗手标兵”等50多项荣誉。

在非对称的特色文化土壤中，医院先进典型从个体化发展为群体化，医疗服务楷模推动由生物医学模式向“生物－心理－社会医学”模式转变，行政管理精英带动医院行政后勤服务能力提升，医疗技术专家引领医务人员诊疗技术提高，医院各项工作取得了长足的发展。

在党建引领下，医院充分发挥领导集体力量和班子整体效能的提升，力推深化改革，重新定位发展方向，形成传染病与非传染病诊疗同频共振的发展格局。医院成为广西艾滋病临床治疗中心（南宁）、广西医科大学附属南宁市传染病医院，先后建立了中国科学院王福生院士工作站、中国工程院廖万清院士工作站等六个国内一流专家工作站，是广西博士后创新实践基地，医院科研成果转化能力不断增强，传染病领域的复合型人才队伍日渐强大。医院的信誉度和竞争力明显提升，医院综合实力在传染病界内广获认可，2019 年年初成功晋升为三级甲等传染病医院。

南宁市第四人民医院院长林健燕心中的四院是：“致力于构建自治区市级医院三级学科建设体系，现有自治区重点临床重点专科 1 个，南宁市特色专科 3 个，院级重点专科 5 个。技术力量雄厚学科发展均衡，形成了‘大专科、小综合’特征的临床救治体系。全力打造五个中心，把医院建设成为立足首府、服务广西、面向东南亚，紧跟‘一带一路’建设的国内一流的现代化三级甲等传染病专科医院。”

如今，南宁四院医疗业务范围辐射广西各地市以及周边省市，在硬件配置、医院管理以及艾滋病、结核病、肝病、其他传染病诊疗技术等方面位居广西传染病医院前列，在南宁和自治区的传染病防控和危重症救治工作中发挥着重要作用。在抗击新冠肺炎疫情中，四院党委切实发挥党的领导核心作用，第一时间成立医院疫情防控前线指挥部。

南宁四院党委书记吴锋耀介绍：“2020 年 1 月 22 日，四院召开抗疫誓师大会，23 日开了医院党委扩大会。在布置工作的同时，成立了隔离病区临时党支部。他们采取火线入党，在隔离

病区里，发展了 9 名党员。一名党员一面旗帜，一个支部一个堡垒。”

医院进行统一部署，强势推进，引领党员干部提高政治站位，突出党委领导班子、党支部和党员主体作用，群策群力共战“疫”。抗疫倡议书发出当天，40 余份印着 800 多个红手印的“请战书”放在党委办公室桌面。全院上下拧成一股绳，以生命护佑生命，向党旗靠拢，向疫情宣战。

医院先后组织 229 名医护人员入驻隔离病房，268 名医护人员参与预检分诊、发热门诊、电话专家热线咨询、感染管理、疫情报告等防治工作。制订完善超 100 项医疗、护理和院感管理制

度流程，10 天完成新冠专用的 CT 室建设，12 天完成结核病临时门诊建设，疫情防控工作成效显著。

在做好南宁市确诊病例救治工作的同时，医院选派 5 名技术骨干加入广西第七批援鄂医疗队驰援湖北，助力全国新冠肺炎疫情防控工作。无论是在荆楚大地还是南国绿城，四医院人始终团结一心，与时间赛跑，与病毒抗“战”，践行“为生命站岗”的初心与使命。

南宁四院坚持疫情防控和脱贫攻坚两手抓两推进，医院派驻后盾帮扶贫困村，第一书记蓝兴腾，第一时间“逆行”返村。带领村干部“一手抓产业发展，一手抓疫情防控”，把疫情防控和脱贫攻坚两个战场作为党性锤炼的考场。

五年来，南宁市邕宁区百济镇新平村的两任第一书记都是从南宁四院选派的党员干部。他们积极发挥村党组织“主心骨”的作用，组织引导党员带头结穷亲、带头献爱心、带头讲政策、带头守纪律、带头解难题，在脱贫攻坚和乡村建设中发挥先锋模范作用，新平村从“软弱涣散”村一跃成为广西农村基层党组织评星定级“五星级党组织”，贫困率从 2015 年的 21.1% 降到 2020 年的 0%。医院也因此被邕宁区政府评为“2016 年度脱贫攻坚先进后盾单位”。

坚持“打铁必须自身硬”，南宁市第四人民医院党委副书记、纪委书记熊燕这样说：“让医院的制度可遵循可操作，可落实，努力打造党风清正，院风清朗，医风清心的清廉医院。”

如果说“为生命站岗”是南宁四院对百姓永恒的承诺，那么“用心、用情、有爱”则是医院职工对病人温柔的守护。

《聚焦先锋榜》栏目组提供

广东廉江市人民医院党委党支部

1926年，中国共产党在廉江西街尾廻龙寺成立廉江县党支部，这也是廉江的第一个党支部，党员们把这里作为阵地，筹备战时的医疗物资，发动群众开展抗日救亡的活动，为抗战的胜利付出了一切。

1934年在这里成立廉江第一所医院——廉江县卫生院。1941年7月，因为战事的需要，党派遣进步青年陈荣到廉江县卫生院以助产士为掩护，负责秘密当地联络站，并以职业之便，从国民党药库中弄到一批西药，转送到抗日队伍中作为战时医疗救护药品。在此期间，她坚持发动群众开展抗日救亡活动，为战争的胜利打下了宝贵的基础。

历史的车轮转动到今天，过去的廉江县卫生院已变成了廉江市人民医院，走进这里，我们时刻能感受到历史烙下的红色印记。而在这红色基因的熏陶下，医院里的每一个人，也一直在成长……

医院重症医学科医胡巧2011年入党，2014年毕业于广东医

科大学，毕业后到廉江市人民医院工作。对党的认识和理解，胡巧有一个过程：“大学的时候对党的向往的话，就是觉得像一种信仰。到毕业之后，就像我在廉医这里，就是每一次党支部活动里面的一些细节，才体验到党是做什么的，为人民服务这个宗旨是怎么体现出来的。”

而对自身工作，胡巧是这样理解的：“就重症医学科来说的话，它本来也是一个边缘学科，尤其我们是封闭式的，封闭式的话病人就在里面抢救，家属只能够在门口外面等待，家属心情是非常焦虑的。”

正是因为对党性和工作有了自己的理解，胡巧的工作中才会出现下面的情况：

胡巧对病患家属耐心解释：“就是她现在一个情况的话，这样我们考虑是乳腺癌，这个病情是比较重了，现在的话通过血液过滤把血液里面的毒素去掉，之前抽血的肌酐值比较高，现在经过滤过，已经很明显下降。也就是说我们先给她一点时间，她还是有机会被挽救回来。”

患者家属说：“医生拜托你了，要尽最大努力救她。”

胡巧说：“放心放心，我们会尽力的。”

患者家属说：“感谢您了。”

工作的忙碌对于胡巧来说是常态，但忙不是借口：“忙的话是肯定是比较忙的了，在我们的面前，都是生命，都是平等的，我们都是共同努力，尽力地帮助病人，挽救他的生命。作为一名党员，也作为一名医生，都是用党员的标准，甚至是优秀党员的标准来要求自己，让自己在临床工作中，做得更好。所以在临床工作中，无论是多忙多累，都会默默地走下去。中国共产党是为人民服务的，我作为一名医生，也是为人民服务的。”

胡巧 2017 年结婚，现在已经是两个孩子的妈妈了。除了平时工作，她下班回去后会花很多心思在孩子身上，弥补平时上班太忙，很少时间陪伴他们的愧疚。有一次胡巧开完会回家，党徽还在，女儿贪玩，她也想拿来玩，胡巧就很有仪式感地帮女儿戴在胸前，然后问她：“你以后想不想做一名中国共产党党员啊？”然后女儿开心地说：“我想啊！”

自己是党员，胡巧也希望能够把党员的优秀品质给予孩子。

内分泌消化肾内科党支部书记宋文明今年40岁，来廉江市人民医院14年了。宋文明是2012年6月份在廉江市人民医院入的党，目前有8年党龄。

2019年，宋文明街头救助突发疾病、突发意外患者的事迹多次受到媒体报道，被评为第九届“湛江好人”。

宋文明仍能详细回忆起当时的场景：“中午在上班的路上，在路边，很多群众站在那里，然后我就发现一个老大爷，躺在路上，嘴唇都发干了，用我们的专业的话来讲，他应该是心脏骤停。肯定要立刻抢救，这都只是出于医者的本能。一看到有病人，有人跌倒，第一想的就是先救人，没有其他很多的想法。然后我们作为医生的话，救死扶伤也是我们的一个天职吧。”

公立医院通过加强党的建设，解决意识形态和思想理论的难点，筑牢信念之基，补充精神之钙，旨在让医院广大干部、职工担负起新时期医院改革和建设的重任。

廉江市人民医院的党建工作，围绕“一条主线”，实施“一

项工程”，建设“四个场所”进行了探索。就是把党支部建在科室上，实行红色堡垒工程，有战斗堡垒的引领，每个党员都会充分发挥他这种先锋模范的作用。

通过“强壮自身练内功、院内互联补短板、多方引智增本领、对外输出秀红色”四个路径，医院的大堡垒，套着各个科室的小堡垒，廉医人的党医融合成效显著。

宋文明能清晰地看到支部建立在科室上带来的进步：“所有党员同志都非常注重理论啊，还有技术方面的学习，提高自己的临床技能，更好地为患者服务。很多疾病的话它就是多病共存，以前的话很多病人就围着我们医生在转，但是在这个红色堡垒工程之后，是很多党员医生围着病人在转。”

医院建设了“百姓广场”“初心亭”“和谐林”“院史馆”四个场所，打造党建阵地，将“思想建党，文化建院”融入医院建设的方方面面，润物细无声。

除此之外，廉医人还将红色的藤蔓延伸到了医共体建设以及精准扶贫的任务上。

宋文明真正感受到了党建的作用：“说实话我很小就读医，也没想到那么多，就是说能够为人民看病，解决痛苦。工作之后，特别是入党之后的，觉得作为医生的话应该还有更多的工作要做。”

呼吸内科党支部书记陈荟鹏对医生和党员的两个身份是这样理解的：“首先我是医生，那么作为一个党员，你必须要用党的标准去要求自己。非典时期，我当时是一名年轻的住院医生，那个过程中，我看到我们的一些老前辈，一些老党员，他在其中发挥了很大的作用，对我影响很大。我经过思考，在 2008 年递了入党申请书，在 2011 年光荣地加入了中国共产党。”

2020 年，新冠肺炎疫情在全球范围快速蔓延，构成对人类卫生健康以及世界和平发展最紧迫、最严峻的挑战。在医院发出关于医务人员驰援武汉的倡议后，陈荟鹏第一个微信向院长发出请战书。

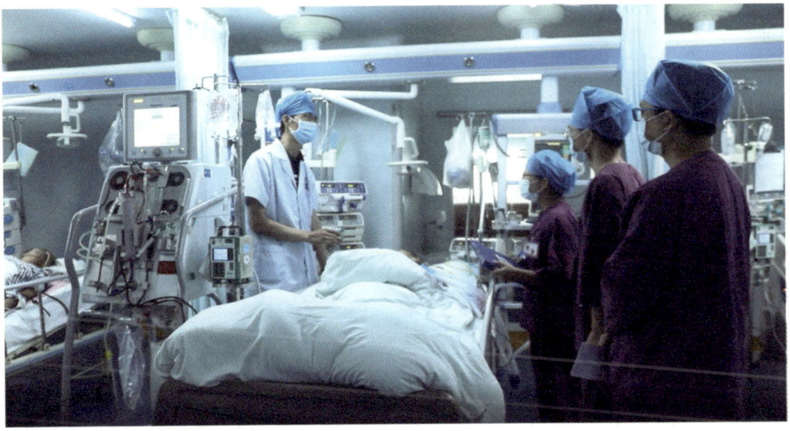

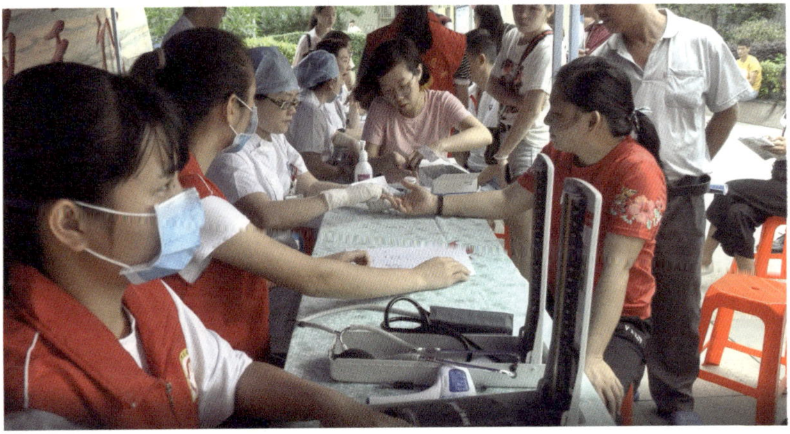

陈荟鹏说：“其实也没有怎么想，就是医者的本能，你就是去治病。在我们这个医院，我自己认为，最合适的人选就是我，因为我自己是呼吸危重医学科的主任。我具有治疗感染的经验，最重要的一点，我还是呼吸内科的党支部书记。所以我第一个报名。”

在呼吸内科党支部，在陈荟鹏第一个报名之后，所有的党员都报了名，踊跃地参加了抗疫医疗队。在最后组成医疗队的时候，支部还发展了几个入党积极分子。在疫情中，陈荟鹏感觉党的作用是更重要的，整个过程，没有党和政府的领导，抗疫根本不可能取得阶段性的成功。

立足当代，回顾初心，流淌着红色血液的廉医人，在新时期的医疗改革和老百姓的期许下，继续砥砺前行，开拓创新，以实干担当的精神倾尽全力将医院建设成为“班子有作为、支部有方法、党建有品牌、单位有典型”的“四有”医院和北部湾区域有影响力的三甲医院，为人民健康保驾护航！

《聚焦先锋榜》栏目组提供

山西长治新时代双语学校党支部

山西省长治市具有悠久的红色革命历史，长治，古称上党，是一座写满了红色记忆的地方，八路军曾在此集群英、荡日寇。不怕牺牲、不畏艰险；百折不挠、艰苦奋斗的太行精神延续至今。

新时代双语学校作为一所2020年7月才刚刚成立的学校，在建校期间用太行精神跑出了壶关加速度，从校舍建设到学生入学仅用了不到一年的时间。中共壶关县新时代双语学校党支部成立于2021年2月，共有党员13名。学校党支部也秉持着太行精神，党建校建两手抓。

新时代双语学校党支部书记李洋，也是这所学校的创办人。李洋出身于教育世家，父亲是著名的教育家李泰桦，受父亲的影响，李洋对于教育事业有着很深厚的情感。19年的军旅生涯，也让李洋对党有着更加深刻的认识。在共产党的多年培养下，李洋将艰苦奋斗的精神也融入到了建校工作的方方面面。

在学校的建设过程中，除了硬件的建设要合格，软实力的培

养更是至关重要。在新时代双语学校党支部的日常工作中，队伍建设也是重中之重。党中央的精神贯穿于全体党员教育工作的始终，努力建设一支党性强、奉献精神强、大力探索新模式、新方法的先锋党员队伍。

在教学的实际行动当中，校党支部要求党员积极发挥先锋模范的作用，把自己的教学课件无偿地供大家分享，把自己的智慧成果供全年级借鉴，把自己教学班的经验分享给自己身边的

同事们。

党中央曾提出“培根铸魂、启智润心”的八字育人观。这八个字也体现出了对于学生品格培养的重要性，而学生爱国爱党的理念需要从小培养。学校的党员老师们也会带孩子们学习中华民族史、国史，让学生能够知史爱党知史爱国。

“学史明理，学史增信，学史崇德，学史力行。”学校不仅通过日常的历史课以及思政课程带领同学们学习党史，同时还安排学生们观看优秀党史电影，参观红色纪念馆。通过这些活动，也让学生们把爱国爱党的理念根植于心。

在不断加强的爱国爱党学习过程中，学生们也有属于他们的感悟：“当五星红旗和党旗飘扬在空中，国歌唱响了天空的时候，我的心里感到的是万分自豪。我们作为21世纪的青年，我们要发奋图强，报效祖国，净化自己的心灵，提高自己的能力。”“通过老师给我讲的共产党发展历史，我懂得了我们党在发展历程中遇到了很多曲折和艰辛，我也明白了幸福生活的来之不易。虽然我是小学生，我也励志要入党，接受党的检阅，接受党的培养。”

教师是培养未来国之栋梁的关键，因此，党中央明确了“教

育工作者要做学生品格锤炼的引路人，做学生学习知识的引路人，做学生创新思维的引路人，做学生奉献祖国的引路人”。在这四个引路人中，培养学生创新意识是科技强国的关键要素之一。新时代双语学校也积极践行了这样的理念，通过五步教学法，小组讨论等方式鼓励学生质疑，培养学生独立思考，还课堂于学生。学校还将创新科技融入课堂，引入平板教学，并通过大数据整理分析学生情况，为学生提供有针对性的学习计划。

在党和国家提倡素质教育的今天，促进学生的全面发展已是教育的发展方向，在新时代双语学校党支部书记李洋的教育理念中，好的教育包含了两个方面，一是培养社会需要的从知识到品德都合格的人才，二是要培养学生其他各方面的兴趣爱好，因此，学校开设了很多兴趣课程，每天下午的最后一节课孩子们都可以根据自己的兴趣选择足球、舞蹈、架子鼓、钢琴、吉他等课程。学校致力于培养德智体美劳各方面均衡发展的学生，使学生除了课本知识外能有一技之长，为学生将来走向社会的发展提供更大的可能性。

对于新时代双语学校这样的寄宿制学校来说，有仁爱之心，关爱学生是每一个教师都要具备的素养，这也恰恰符合了党中央要求教师们要做“四有教师”的要有仁爱之心。对于就读的孩子们来说，学校就是他们的第二个家，而老师们对于孩子的关爱也无处不在。

作为一个大集体，关爱一词不仅仅只体现在师生之间，党支部也会为每一个学校的教职工送去关爱，每逢有教职工过生日的时候，党支部都会派党员代表到教师的家中送蛋糕，送祝福。学校的女教师一旦怀孕便可由一线教师转到招生办等业务比较轻松的岗位，直到产假结束。

学校的有效运转不止需要一线的教师，还需要后勤保障人员，王国宾既是学校的校长之一，也是一名党员，在建校之初，他为了能够让学生们通上暖气，立下了军令状不通暖气决不收兵，在各个部门之间不停奔波协调之后，终于为孩子们送来了温暖。

党支部的 13 位党员中有一位党员孟国庆，他的爷爷奶奶在新中国成立前就已参加革命，受祖辈影响，孟国庆也努力成为了一名共产党员，平日里，孟国庆主要负责学校的水电维修工作，在孟国庆看来，身为一名共产党员就是要吃苦在前，敢为人先。

党支部的成员囊括了学校的管理层、一线教师以及后勤保障人员。在这些党员中有一名退伍军人赵帅，他平常主要负责学生们的跑操训练以及国旗班的升旗训练。这位教官也希望通过训练从小培养孩子们爱国爱党的观念。

新时代双语学校的成立不仅为学生们提供了德智体美劳全面发展的环境，也为当地的教育事业注入了新鲜血液，尤其对于学校的所在地壶关县经济开发区，新时代双语学校也为当地的招商引资贡献了一份力量。

学校优质的教育也得到了当地开发区领导的肯定：“2020年我们通过招商引资把新时代双语学校就引到开发区来了，这是江苏教育集团打造的学校，江苏教育集团不论是领导干部还是职工，非常的有担当有作为，来到开发区确实是个干事的团队。建成了这个学校以后，可以容纳三千名学生，还能给我们当地解决600个就业岗位，特别是为我们的招商引资引进来的企业老板解决了子女入学难的问题。”

在实现自己教育理念的同时，新时代双语学校党支部书记李洋对于党支部的发展也有着自己的规划。在建设一支具有现代教育理念、教艺精湛、师德高尚、一专多用的教师队伍的同时，也

以党建促特色，以创新求发展，吸纳优秀的教职工，不断发展壮大党支部的队伍。

新时代双语学校自开办以来，可以说从教学到后勤，保障到政教德育都涌现出了一批先进典型，他们积极向党组织靠拢，努力提高自身修养，不断加强党性锤炼，积极向党员看齐靠拢，未来新时代不仅需要、更有必要把这部分优秀的青年才俊吸引、凝聚、接纳到党的队伍中来，让他们更好地为社会做贡献。

在支部书记李洋的心目中有这样几个先进典型，他们在学校虽然处于不同的岗位，但却都在积极向党组织靠拢。他们中有的是教师，切实践行“有教无类，因材施教”，用爱心温暖每一个孩子。有的是保卫校园安全的后勤人员，每天披星戴月，筑起校园安全防线。还有的是食堂职工，乐于助人、勤劳肯干。职位虽有不同，但这些先进典型们向党积极靠拢的行动打动了每一个新时代双语学校的教职工。

“一名党员就是一面旗帜，一个支部就是一个堡垒。”在建党 100 周年之际，新时代双语学校党支部的每一个党员，都将更加严格地要求自己，积极发挥党员的先锋模范作用和战斗堡垒作用，不断推动新时代双语学校再上新台阶，为党旗增光添彩。

山西聚义集团党委党支部

山西聚义实业集团有限公司，于 2006 年 6 月成立中共两渡聚义支部委员会，该支部成立之初共有党员 18 人。随着企业的发展，在上级党委的关怀与支持下，集团领导高度重视党建工作，积极培养和发展合格的党员。目前，集团党员达到了 110 人，入党积极分子、发展对象 40 余人，集团党委设“中共山西聚义实业集团天聚总支委员会”，下辖 10 个支部，党委委员分管工作、党委委员联系点、党员结转组织关系、党员缴纳党费、入党积极分子纳新程序、党员干部廉洁从业等都有专人负责，建立了完善的制度、使得集团的党建工作组织网络清晰、信息完整、责任到人。

在中国共产党建党 100 周年之际，山西聚义实业集团作为中国民营企业党建的积极响应者，高度重视党建工作，以党建引领企业发展，取得了显著的成效。同时他们也积极投入到村企共建工作，并把党建引领融入到村企共建当中，充分发挥了党在村企

共建中的重要作用，为崔家沟村带来了企业的支助与发展，更带来了党的温暖与关怀，成为党建引领村企共建的典型代表。

山西聚义实业集团有限公司党委书记王殿辉表示：“作为民营企业，也作为最基层的党支部书记，党建工作是一个非常重要的抓手。所有的工作都得在党的领导下去开展，从我们集团公司党委也好，从支部两委也好，都是始终坚持在党的领导下全面推进依法治企、依法治村，让党建武装全体党员和企业管理者的思想和头脑。

山西聚义实业集团有限公司党委的特色是组织领导班子健

全，分工明确，整体素质高，党员的先锋带头作用非常明显，工作相当有活力，这是集团公司多年来对党建工作非常重视的结果。

他们为什么会这么重视呢？就是民营企业在一开始作为国家经济的参与者到后来成为重要组成部分，到现在成为一个不可或缺的重要力量，那都是在中国特色社会主义的这种环境下，所以我们知道党的领导对一个企业、对一个社会的重要性，党建工作也会决定你这个企业高点。

集团各支部始终把党的领导作为党建工作的出发点和落脚点，支部一方面鼓励职工做好自己的本职工作、积极参与企业的必要的生产和管理，另一方面抓好党员队伍和工会队伍建设，充分发挥了党支部在企业的作用。”

山西天聚鑫辉源煤业有限公司总支部书记周敏也介绍到：“在集团党委的正确领导下，党建工作紧紧围绕全年生产经营目标和各项管理目标，不断务实基层管理建设，有效地提高了党支部的凝聚力和奋斗力，更使党建工作融入到了生产经营活动中，有效地保证了各项工作目标任务的完成。

党建工作关系重大、牵动全局。目前全国都在推进党建工作。地方基层党组织都根据自身情况进行党建工作模式的创新，山西聚义实业集团有限公司在企业党建方面也取得了一些成绩。他们按照要求经常组织党员学习，通过学习领会党的精神，加强党员的思想工作，让广大党员不忘初心牢记使命。

在“两学一做”方面，加强学习教育制度常态化，按时召开“三会一课”，加强入党积极分子教育培训工作。结合所帮扶的困难职工实际情况，帮助他们切实的解决实际问题，不断健全党建工作责任制，强化支部管理，开展了党员服务区、党员双培双带动活动，进一步地壮大了党员业务骨干力量，落实了一岗双职，推进党风廉政建设。我们扎实开展了党建质量活动，深入服务型党组织建设，切实提高了党建工作水平。”

山西聚义实业集团有限公司党委在企业工作中，处处体现党的领导作用。在工作岗位上通过优秀党员示范岗，发挥党员的先锋模范带头作用，取得了切实有效的效果。党员始终牢记全心全意为人民服务的根本宗旨，发挥一名共产党员应有的先锋模范作用，以身作则在各自岗位上认真工作，为企业的发展贡献党员的智慧和力量。

山西聚义实业集团党员宋倩也分享了她的个人感受：“作为一名党员，我深知肩头责任的重大，我的岗位有幸被评为‘2020 年度聚义集团汽运支部优秀党员示范岗’。优秀党员示范岗是一种责任和肯定，更多的是鼓励和鞭策我们前行的一种动力。”

山西聚义实业集团有限公司通过村企共建，主动适应全面从严治党新要求，贯彻落实新时代党的建设总要求和新时代党的组织路线，把围绕中心、服务大局作为永恒主题，紧紧盯住全面进步、全面过硬的目标，科学设计基层党建工作的村企共建路线图，通过村企共建模式走出了党建工作的聚义之路。

山西聚义实业集团有限公司党委书记王殿辉补充：“村企共建，是国家长期发展坚持的一个战略，特别是十九届五中全会再次提出‘以工补农’这样的一个发展方向，在村里边和企业党建它是有本质的区别。以往村里是一种松散型的管理，而企业不是，它有严格的管理制度和各种的规范、岗位职责，把企业党建工作引到村里边，让村里边的党员和领导干部也能按照企业的标准来规范要求自己，从制度上、从行为上、从法制上就大大地提升了大家的认知，规范相应的行为。”

集团开展村企共建工作始终以强化、融合、共进的发展理念，建设和谐的村企关系。凝聚人心，促进村企的互帮互信，形成优势互补，努力解决当地乡村在发展中遇到的问题，形成共同发展的良好环境，最终实现互惠互赢。以党建工作为纲，党员带头准确把握村企共建的难点，着力为当地村民办实事办好事，逐步探索出党建工作的新理念、拓展村民致富新出路，为进一步推动党建为核心纽带的互联互动、融合共进工作，架起村企共建的连心桥，在希望的田野上，携手共筑乡村振兴之路。

作为崔家沟村支委委员，白桂琴十分感慨：“在村企共建方面，企业给我们村带来了非常大的好处。第一就是环境方面，城

党员志愿服务队

市化，人们都住上高楼，有煤气，而不是原来的烧煤那样污染。小河治理，现在环境优美，还有健身广场这些的，都给生活带来了方便。老人们有早晚的健身活动场所。第二就是企业给我们村民提供了一个很好的平台，就是可以安置我们村民在企业公司工作，人们有了一定的收入，生活水平也有了一定的提高。”

山西聚义实业集团有限公司党委书记王殿辉总结道：“企业只要发展了，就得反哺到农业上面，特别是民营企业，在企业发展的同时一定要履行社会责任。我们已经连续举办了四届企业和乡村半程马拉松，这个马拉松每年的投资是100多万元，企业人员和当地的老百姓参与，目的就是激励大家要去克服困难，把人生的最后一公里走好。我们要在三年内达到全省一流的小康水平，五年内达到全国一流的新农村，这是一个目标。那么我们一定要把所在村的企业服务好，让企业反哺农业，反哺村里边。大家都有工作，收入提高了，各方面都好了，那乡村就振兴了。”

《聚焦先锋榜》栏目组提供

贵州黔成起智律师事务所党支部

贵州黔成起智律师事务所党支部成立于2017年6月，成立之初共有党员3名，现有正式党员14名，组织关系不在本所的兼职律师党员11名，共25名党员。近年来，在上级党组织的领导下，黔成起智律所始终坚持政治引领、党建先行，秉承“党建促所建、律所和律师共同发展”的理念，积极参加精准法律扶贫、村居法律顾问和民兵预备役组织。

在大多数人眼里，可能觉得律师这个行业非常的风光体面，给人一种白领精英的感觉。但是其实大部分律师处理的都是一些基础的案件，一些关系到民生生活的、关乎到基层的案件。黔成起智律所党支部在这一方面体现得更加明显，在支部书记吴启刚的带领下，黔成起智支部的党员们积极参与扶贫工作，定点帮扶贵州省黔东南苗族侗族自治州从江县加勉乡。

从江县加勉乡，深藏于重峦叠嶂的月亮山腹地，是一个风景秀丽、民族风情浓郁的乡镇。乡内山高坡陡，群众的文化水平普遍偏低。2016 年加勉乡被列为贵州省 20 个一类极贫乡镇之一，2017 年 6 月黔成起智律所党支部主动报名参加了贵州省扶贫办和贵州省司法厅开展的法律援助精准扶贫工作，对口法律帮扶贵州省从江县的加勉乡。

扶贫初期，因交通闭塞，通往加勉乡的路总是泥泞又崎岖，山间的弯路和颠簸让党支部的党员们并不适应。单程近 300 多公里的路程，支部书记吴启刚每个月都要带着支部的党员同志们驱车往返至少一次，前往加勉乡个村寨驻村开展精准法律扶贫工作。每个月黔成起智律所党支部的党员都要在这里驻点七天，帮助群众解决法律相关的问题和开展普法宣传。

黔成起智律所的办公地点在贵州省贵阳市观山湖区，支部党员多数来自城市，没有这种匮乏环境生活的经验，面对路途的艰辛和生活环境的转变显得有些手足无措。但对于出生在从江县农村的吴启刚来说，回到加勉，参与当地扶贫工作就相当于是回家。侗族出身的吴启刚为帮助支部党员们更好地适应、融入当地的环境，带领支部党员一同学习侗族大歌，还组建了律所普法表演队，通过普法表演的方式去帮助更多需要帮助的人。优美的侗族大歌不仅能帮助党员们驱散对陌生环境的畏怯，还能调动起党员们的真情，凝聚支部力量。初到加勉乡进行法律知识普及是比较艰难的，当地少数民族群众更习惯于遵守村规民约，很多普法活动的进行是艰苦和困难的。

贵阳市观山湖区
民兵法理斗争排

当地的村民法律意识十分欠缺，很多案件他们都不知道该如何去处理，如何去寻找维护自己的权益的途径。黔成起智支部党员自开展扶贫工作以来，就持续不断地为他们提供免费的法律咨询，解决当地村民的一些法律纠纷，希望尽自己的力量，能让当地的每一个人都能学习点法律知识，并且用法律来维护自己权益，帮助提高村民们的法律意识。

要想富先修路，为改变加勉乡交通闭塞的问题，当地政府决定扩宽道路，这也是脱贫攻坚的一个重要举措。扩宽道路需要征求村民对土地征拆的同意，当地政府便寻求黔成起智律所党支部的帮助。

加勉乡主要是苗族的同胞，在处理加勉乡的各类案件过程中，支部党员遇到的最难的问题就是，解决纠纷的时候既要使用现行的法律法规，同时也要顾及当地的风俗习惯。在加勉乡有一个七百岩耶规，是当地的苗族同胞在明朝的时候就立下来的少数民族习惯法。加勉乡扩建道路的时候，征用了七百岩耶规所在地的一小部分，这一小部分的承包证在一个个体的农户那里，从现行的法律法规来说就应该属于他，征拆补偿款项就应该归他。但是七百岩耶规那个点，同时又是属于全村人的一个公益地，在老百姓的观点里面，就认为是要归集体的。

针对于如何解决该这一问题，黔成起智律所党支部的内部出现了不同的两种声音。于是支部党员展开了讨论，一方站在政府的立场上，而另外一方则是站在当地村民的立场上。支部内部党员虽各抒己见，却也空前团结。所有人都抱着一颗为了让当地百姓拥有更美好生活而努力的决心，恳切的为自己所代表的立场发言。在进行了全面的走访调查，开设模拟法庭，交流彼此意见之后，黔成起智党支部终于寻找到了一个综合解决办法。现行的法律法规里面提出，土地的所有权是属于集体所有，所以最终是个人也有一部分，集体也有一部分，通过这样的方式来化解矛盾。既契合当地的村规民约，又符合法律法规的条款，不但推动了建设乡村的扶贫修路工程，同时也保障了当地乡民的合法权益。

在支部内部，黔成起智支部书记吴启刚时刻不忘加强党员理论学习。对于加勉乡的乡民村民们，他也时刻挂念着普法活动的开展，给乡村干部上普法宣传课，协助乡政府审核把关法律问题，帮助村委员审核村规民约，通过多种形式开展普法宣传，参与纠纷调解、提供法律援助、慰问贫困户、帮助孤寡老人等公益活动都是黔成起智支部的日常工作安排。由于语言不通，在普法活动开展初期，很多村民乡民并不愿意接触支部的普法志愿者。纯朴害羞的他们总是能躲就躲。然后这却难不倒在从江县农村土生土长的吴启刚书记。少数民族的身份，为他开了一个绿色通道，一个可以和当地村民们无障碍交流的通道。看到吴启刚书记与当地村民的沟通卓有成效，支部党员们也积极的站了出来。支部按照外出务工人员、留守老人、留校学生等不同人群分门别类的普及着法律知识，逐渐的赢得了当地百姓的信任，建立起亲密的关系纽带。

精准扶贫法律援助工作是一项很艰苦的工作，但是黔成起智党支部的党员们热情很高，三年来吴启刚带领黔成起智支部的党员们，在从江县的加勉乡把法律援助精准扶贫工作开展得有声有色，受到了当地老百姓和政府的一致好评。

除了参与精准法律扶贫之外，黔成起智支部也积极参加并担任村区法律顾问、街道法律顾问。通过开展普法宣传，举办法制讲座，办理法律援助案件，调解纠纷，解答问题，不定期为村民、市民们提供免费法律服务。黔成起智党支部还积极融入属地观山湖区宾阳街道党建工作规划布局，与街道党工委共建共治，助推街道发展和治理。

很多人在问，党建的活动一般都是相对比较枯燥的，为什么黔成起智支部的活动搞得那么丰富多彩？在与其他律所的交流的时候，黔成起智律师们就通过踢足球、打篮球等方式加深联系。需要开展普法宣传，黔成起智律所文艺队就上场。通过这些文体活动与党员活动的结合，既达到了活跃气氛的效果，也实现了凝聚人心。

党建活动当中，黔成起智律所党支部定期组织内部学习，不定期到红色革命地接受革命洗礼。坚持每年祭扫一次烈士陵园，强化理想信念和革命传统教育。2020 年 6 月黔成起智律所党支

活动

宪法宣传日活动
贵阳市观山湖区 世纪城社区服务中心 贵州黔成起智律师事务所

部更是主动请缨，加入观山湖区民兵法理斗争排，作为基干民兵力量，为国防建设提供法律保障。

既是党员又是律师，黔成起智支部的党员们奔波劳作不辞辛苦，只为携手群众共同奔赴美好生活，他们积极努力，专注专业，只为维护法治社会的公平正义；他们的共同目标只有一个，就是让法之所向成为民之所盼，让公平正义走向那些最需要它的人。

吉林长春抗癌药物研究所党支部

这里的故事，要从一位老人讲起。

李哲，吉林长春一名年过七旬的中医，几十年如一日坚持诊治患者，将祖国医学文化传承创新，诠释中医中药人矢志不渝、砥砺奋进的不变初心。受家庭氛围的熏陶，李哲从小就对中医有着浓厚的兴趣，而对于中医深入的研究，是从治疗自身重疾开始的。

数十年潜心专研和临床实践，李哲创立了一套自有的中医诊疗理论。李哲不仅是中医“传承人”，更是“发扬人”，1992 年，李哲和她的爱人刘庆范共同创办了长春市抗癌药物研究所，坚持传承创新并举、中药细制医患，深耕中医，用心点燃患者康复希望！

就这样，两位创始人所长，一个医药理论扎实，一个临床经验经验丰富，研究所的规模也变得越来越大。发展到今天，研究所更是开启了新的发展与改革道路——成立了自己的党支部。

为什么要在自己创建的研究所成立一个党支部？刘松岩是这样理解中国共产党的：“小时候脑海里就深深印着一句话，没有共产党就没有新中国。长大后更加体会到没有党的引领，就没有百姓今天的幸福生活，也没有国家的完整和振兴，国家的诞生，民族的解放，老百姓的安居乐业都离不开党，中国共产党的英明伟大，也是经过了 100 年的历史验证了的。”

非公医疗机构是医疗卫生行业的重要组成部分，也是医疗卫生工作的重要补充。加强非公企业党的建设工作，是体现中国特色社会主义本质特征的重要环节，也是推进非公经济健康发展的内源动力。

因为对党有了深刻的认识，党支部也成了对研究所发展的指导总部：“我们长春市抗癌药物研究所，在党和国家的领导下平稳运行了近 30 年，一切离不开党的领导，一切以党的领导为前提条件，正是因为有了正确的引导方向，才使我们的发展更有动力。”

2019 年 7 月 22 日，长春市抗癌药物研究所党支部正式成立。那么如何推进非公企业党建创新？“党建联盟”或许就是打通非公企业党建“最后一公里”。

长春经济技术开发区临河街道党工委副书记李杉就对研究所党建联盟的工作称赞有加：“长春市抗癌药物研究所是我们经开区临河街道党工委‘临河·红飘带’党建医疗联盟成员单位，自党支部成立以来，研究所在临河街道党工委带动下，积极投身于公益活动，针对辖区低保户、特殊困难家庭，研究所开展了一对一的、专项的登门帮扶工作，研究所作为一个非公党建基层党组织，在做好本职工作之余更加注重承担起社会责任，用实际行动去关爱和回馈社会，体现着医者仁心和大爱传承。”

党支部成立之后，作为民营经济的研究所内部的思想境界也得到了很大的提升，少走了很多弯路，也推动了企业更好的发展。

党支部宣传委员杨薇也注意到了支部成立所带来的实际变化：“坚持党支部例会制，发扬民主，共商大事，用党的先进思想武装职工。我们把党的温暖通过支部和支部委员传递给患者，比如扶贫帮困，为患者献爱心，为患者树立信心，引领患者战胜病魔，以党的宗旨和理念切入，体现党的精神伟大性。”

除了本职工作外，研究所党支部带领大家上下都热心公益。2020 年，是全面建成小康社会和“十三五”收官之年，也是实现第一个百年奋斗目标的决胜之年，我国脱贫攻坚取得了全面的胜利。而在这个过程里，离不开任何一个人、任何一个企业的付出和努力。研究所党支部的同志们每年都要和社区同志一起进行走访，慰问社区的帮扶对象，在节假日为他们送上慰问，送去生活必需品、米、油、蔬菜、水果等。

2020 年开年爆发的疫情，对所有医疗工作者都是一次严峻的考验。作为卫生机构，研究所也积极响应国家和党的号召，杨薇对这一年来的抗疫工作记忆犹新：“我们是在 2020 年 3 月的时候，疫情正非常严重的时候。就是中小学生即将要开学的期间，我们领导就觉得面对疫情，也要做一份公益事业，通过多方渠道吧，就是购买到体温枪和医用防护口罩。那个时候比较紧缺，然后捐给了长春市经济开发区教育局，对开学学生、师生有一个保障吧。

2020 年 12 月响应上级的防疫号召，我们单位有两名员工，两名积极分子参与社区组织的全民核酸检测的活动。

我们作为党支部，也组织慰问了去参与核酸检测前线的医务人员，为他们送去了热饮、水果。”

2021 年 4 月，第 27 届全国肿瘤防治宣传周启动，本次宣传周呼吁全国更多志愿者积极参与防癌治癌宣传。研究所积极参与全国肿瘤防治宣传周的公益行动，党支部成员工作之余，组织前来就诊的患者及家属录制小视频并转发，唤醒更多人的肿瘤防治意识。

在党支部的引领下，研究所员工共同努力，与患者的关系也越来越亲密。得知患者及家属遇到困难时，会第一时间送出温暖，这样的感人故事屡见不鲜。

2021 年 3 月，榆树市黑林镇的崔二东来到研究所替家人求医，11 年前为母亲看病来过研究所，现父亲又患病，这是他第二次来研究所，为给二老看病，还要抚养三个孩子，崔二东说：“一家人的生活经济压力特别大，研究所党支部了解情况后，伸出了援助之手。赠送了价值 3480 元的药物，提供了 4000 元的生活补

贴，让崔二东感激落泪，鞠躬致谢，激动地说：“研究所不仅是治病，还送温暖，对患者家庭关心备至，太感动了！”

退休干部李秋萍是这样评价研究所的：“我们与患者的关系已经超过医患关系了，我们把他们当成家人，他们也把我当成家人，我要是没事的时候我就想，上研究所来转一圈看看他们，楼上楼下走一圈看看他们，就觉得心里非常舒服。

今年是建党 100 年，我作为一个入党 48 年的党员，今年正好 48 年，有幸能看到建党 100 年。

咱们作为研究所也好，作为研究所的党支部也好，从各个方面，这个应该继续发扬下去。”

除此之外，对人才的培养，对年轻人的正向引领，也是研究所可持续发展和具备综合竞争优势的重要因素之一。在研究所里，入党积极分子们在党支部的学习中，在党的精神包裹渲染中，也对他们日常的工作有了更深的认识和感受。

入党积极分子于海侠说：“我觉得引领和激励都有吧。就是让自己的工作的状态更好，为患者服务这一块不计较，为患者着想。虽然我还不是一名共产党党员，但是我的决心始终坚定，我会以更加严格的标准要求自己不忘初心，牢记使命，为医疗事业贡献自己的一份力量。”

入党积极分子陈瑶说：“有一句老话，就是为人民服务，我

觉得这就是党员的初心，就是为老百姓服务。”

宣传委员杨薇也说：“今后，研究所将奔着为人民群众服务的宗旨，更加坚定的把党支部发展好，更好地服务于人民，惠及百姓健康。”

副所长刘松岩更是坚定了党的向心作用：“今后我们会更加坚定弘扬党的宗旨，双轮驱动，保证民营经济发展的正确方向。我们坚持党的，全心全意为人民服务的宗旨，按照党的宗旨去治患行医，使患者更多的感受到党的关怀，这是我们的情怀，也使我们的工作更加有意义。”

回顾研究所的这些年，改变的是建筑、面积、设施，提升的是服务与关怀，不变的是“以中医为魂，服务患者为先”的人文情怀。我们期待，研究所全体上下，将继续为中医药的传承、传统医学与现代医学的有机的结合而努力，为帮助更多的患者，而不懈奋斗！

《聚焦先锋榜》栏目组提供

图书在版编目（CIP）数据

我们的党支部 / 杨定坤主编 . -- 北京：北京师范大学出版社，2022.1
ISBN 978-7-303-27485-7
Ⅰ . ①我… Ⅱ . ①杨… Ⅲ . ①新闻报道－作品集－中国－当代 Ⅳ . ① I253
中国版本图书馆 CIP 数据核字 (2021) 第 244379 号

我们的党支部
WOMEN DE DANGZHIBU
杨定坤　主编

项目策划：宋旭景
策划编辑：宋旭景　　责任编辑：宋旭景
装帧设计：王齐云　　美术编辑：王齐云
责任校对：段立超　王志远　　责任印制：陈　涛　赵　龙

出版发行：北京师范大学出版社
印　　刷：鸿博昊天科技有限公司
经　　销：全国新华书店
开　　本：890mm × 1240mm　1/32
印　　张：9.625
字　　数：181 千字
版　　次：2022 年 1 月第 1 版
印　　次：2022 年 1 月第 1 次印刷
定　　价：58.00 元

北京师范大学出版社
http://www.bnup.com
北京市海淀区新街口外大街 12-3 号
邮政编码：100875
营销中心电话　010-57654738 / 57654736
高等教育与学术著作分社　http://xueda.bnup.com